中 等 职 业 教 育 规 划 教 材

机械 CAD/CAM 技术
——Pro/E 应用实训

主编　熊　彦

参编　李　芮　黄素兰　叶晓民

主审　宋文学

机 械 工 业 出 版 社

本书采用案例教学法,通过模块式的教学体系,详细地介绍了 Pro/E 软件的应用方法和技巧。主要内容包括二维草绘、拉伸、旋转、扫描、混合、放置实体特征、阵列、工程图和数控加工的案例及实训。通过 CAD 二维(三维)建模实训,学会一般零件的造型设计。通过 CAM 模块的操作实训,学会 Pro/E 软件中最基本的数控加工技术。

　　本书可作为中等职业学校机械类 CAD/CAM 课程的教材,也可作为高等职业院校机械、数控、模具类专业的参考教材和中级 Pro/E 培训班的教材。

图书在版编目 (CIP) 数据

机械 CAD/CAM 技术-Pro/E 应用实训 / 熊彦主编 . —北京: 机械工业出版社, 2008.9

(中等职业教育规划教材)

ISBN 978-7-111-24803-3

Ⅰ.机…　Ⅱ.熊…　Ⅲ.①机械设计:计算机辅助设计—专业学校—教材
②机械制造:计算机辅助制造—专业学校—教材　Ⅳ. TH122

中国版本图书馆 CIP 数据核字 (2008) 第 119010 号

机械工业出版社 (北京市百万庄大街 22 号　邮政编码 100037)
责任编辑:赵丽欣　金　佳
责任印制:李　妍
北京中兴印刷有限公司印刷
2008 年 9 月第 1 版·第 1 次印刷
184mm×260mm · 11 印张 · 268 千字
0001—5000 册
标准书号: ISBN 978-7-111-24803-3
定价: 19.00 元

前　言

为了培养既有一定文化基础和专业理论知识，又有较强的实践能力的应用型技能人才，职业教育教材的开发应同时兼顾理论知识和实践知识，既选编"必需、够用"的理论内容，又融入足够的实训内容。中等职业教育更应以培养学生的实际动手能力为主线，试行"以实践教学为基础，以能力培养为中心"的教学模式。当前的职业教育教学改革以"行动导向教学法"为核心，即以项目教学法、任务驱动教学法、案例教学法、引导课文教学法等新型教学方法，从课程设置到教学大纲，从教学模式到教材编写都做了有益的尝试。本书编写过程中充分考虑当前中等职业教育教学的发展现状和学生的教学实际需求，采用案例式教学方法，以适应目前中等职业学校的专业课教学。

作为 CAD/CAM 最成功的一体化设计软件之一，Pro/E 从产品的构思、完善到生产加工都做到了高度的专业化和规范化。Pro/E 软件全参数化的设计和容易上手的三维实体造型及其他强大的功能使越来越多的企业采用它进行产品的开发和设计。在职业院校中开展 Pro/E 软件的教学是学校和企业对接的有益尝试。

本书有以下特点：

1. 注重实用性。本书在编写中强调实训环节，注重学生实践能力的培养，贯彻"实用为主，必须和够用为度"的教学原则，采用了广而不深、点到为止的教学方法。

2. 采用案例教学法。在编写过程中，以工程实践中常见的案例作为掌握 CAD/CAM 技术的突破口。本书在案例讲解中，将操作步骤一步一步进行分解，循序渐进，将复杂的问题简单化，以便学生理解。

3. 采用模块式的编写体系。Pro/E 是一个非常庞大的 CAD/CAM 一体化软件，本书在编写中根据企业对人才的需求和学生个人发展的需要，编写了掌握 Pro/E 软件最基本的模块操作，为学生后续的学习奠定了基础。

本书在使用中，教师可以先简单分析案例的造型思路，然后按照案例的操作步骤，一步一步地跟着案例进行模仿。在最初的学习中，不去探究为什么，而是把案例模仿熟，模仿透。教师接下来的任务是通过讲解技术支持对涉及到概念的理论部分进行理解，以弥补案例讲解的不足，在此环节对学生易出错的地方给出了重点的提示，对学习中关键点进行了梳理。最后部分的知识进阶环节是在掌握基本技能之外的扩展，给学有余力的学生提供了进一步的发展空间，此部分也可作为选讲，教师根据教学情况具体掌握。课后的习题应作为教学实训的一部分。本书教学的参考学时为 80~100 课时。

本书可作为中等职业学校机械类专业 CAD/CAM 课程教材，也可作为高等职业院校机械、数控、模具类专业的参考教材和中级 PRO/E 培训班的教材。

本书由西安工程技术学院熊彦担任主编并负责统稿。各章分工如下：第 1、6 章由无锡立信职教中心李芮编写，第 2、3、4 章由湛江机电学校黄素兰编写，第 5、8 章由西安工程技术学院熊彦编写，第 9 章由西安工程技术学院叶晓民编写，第 7 章由李芮和叶晓民共同编写。西安航空高等专科学校宋文学教授对全书进行了审阅，并提出了修改意见。本书在编写中还得到了西安工程技术学院梁文侠副院长的大力帮助和支持，在此一并表示感谢。

由于编者水平有限，加之时间仓促，书中不足和漏误之处在所难免，敬请读者批评指正。

编　者

目　　录

第1章 二维草绘基础

1.1 案例1——正等五边形

1．案例说明

本案例的目的是使读者学会应用 Pro/E 二维草绘中的画直线、圆，修改尺寸数值和约束相等的技巧，为三维造型打基础。绘制正五边形的结果如图 1-1 所示。

2．绘图思路

在新建的草绘文件中，先用草绘中心线命令确定五边形的位置，然后用画圆工具画出五边形的外接圆，再利用画直线命令在圆上的任意点位置绘出五边形，最后利用 Pro/E 特有的约束命令将五边形约束为案例要求的正五边形。

图 1-1   正五边形

3．操作步骤

1）新建草绘文件。进入草绘的途径有两种：单击工具栏中的"新建"按钮 □，或单击主菜单"文件"→"新增"命令，弹出"新建"对话框，如图 1-2 所示。在"类型"栏中选择"草绘"，在"名称"文本框中输入文件名，单击"确定"按钮，进入草绘模块。

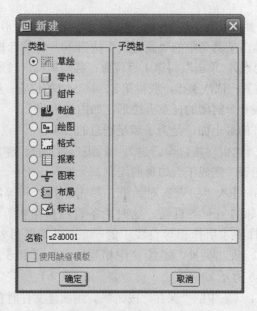

图 1-2   "新建"对话框

2）确定绘图中心：使用直线命令中的"中心线"按钮 ⋮，在绘图区画出水平和垂直结构中心线，以两中心线的交点作为绘圆中心。

水平中心线的画法是：将鼠标移动到绘图区的适当位置，单击鼠标左键，确定水平中心线的第 1 个点，水平移动鼠标到另一位置，看到水平中心线标记"H"出现，再次单击鼠标左键，确定水平中心线的第 2 个点，这样就将水平中心线画好了。

垂直中心线的画法类似，垂直中心线的标记为"V"。

3）单击工具条中的"画圆"按钮 ○，以两中心线的交点为圆心任意画一个圆。

圆的画法是：单击工具条中的"画圆"按钮 ○，将鼠标的光标移到两中心线的交点处单击，移动鼠标，圆半径随着鼠标的移动而逐渐改变，当移动到合适位置时，单击鼠标左键，任意圆就画好了，单击鼠标中键结束画圆命令，如图 1-3 所示。

4）修改圆的直径为 60。单击"选择"按钮 ↖，然后移动鼠标到圆直径的数值边，这时圆的尺寸线和数值变成亮蓝色，双击鼠标，出现修改框，将直径数值修改为 60。按回车键确定，如图 1-4 所示。

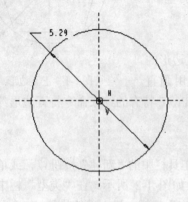

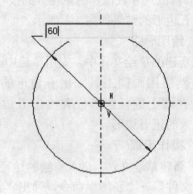

图 1-3　画任意圆　　　　　　　　　　　　图 1-4　修改圆的直径为 60

5）单击工具条中的"画直线"按钮 ＼，画一个近似的正五边形。

五边形的画法是：单击工具条中的"画直线"按钮 ＼，将鼠标光标移动到圆的最上面位置（圆和竖直中心线的交点），单击取得第 1 点位置；移动鼠标，当光标落在圆另一任意位置时，再次单击取得第 2 位置；依次类推，取得第 3、4、5 点的位置；第 6 次单击的位置和第 1 次单击的位置重合，形成一个封闭的任意五边形，如图 1-5 所示。

说明：第 1 点选在圆的最上面，是为了满足题意的要求。

6）单击工具条中的"约束"按钮 ▣，进入"约束"对话框，使用"相等约束"按钮 ＝，将五边形的五条边约束相等，完成正五边形的绘制。

约束相等的方法是：进入"约束"对话框，单击选择"相等约束"按钮 ＝，选择一条直线，再选择与它相邻的另一条直线，这时两条直线自动相等，并在直线旁出现相等符号"L_1"。接下来，选择刚才所作相等直线中的一条，再选取另外一条任意长度的直线，这样 3 条直线就相等了。依此类推，继续使用相等约束，直到 5 条直线都相等，完成正五边形的绘制，如图 1-6 所示。

7）保存图形。单击工具条中的"保存"按钮 🖫，用新建文件时相同的名称保存文件。单击 ✓ 按钮，完成图形的保存。

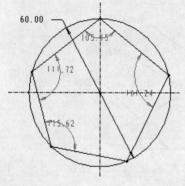

图 1-5　画一个近似正五边形

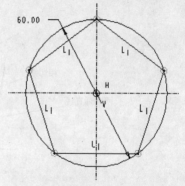

图 1-6　完成正五边形绘制

 技术支持

1．文件的建立

Pro/E 文件具有不同的文件后缀名（如草绘模式下生成的文件后缀名为*.sec），分别代表在新建文件时选择的不同工作模式。Pro/E 共有 10 种工作模式可供选择，不同模式下进行不同的建模操作。例如，草绘模式，主要进行二维平面图设计；零件设计模式主要进行零件的设计和建模；工程图模式，主要为已完成设计的模型制作二维平面工程图；装配模式，主要将已设计好的零组件进行装配；制造模式，主要进行模拟制造等。

草绘文件的建立除了上面实例介绍的两种进入方式外，在创建三维特征时，对草绘平面的放置参考面选取后，系统会自动引导用户进入草绘模式，进行二维截面的绘制。

一般情况下，应将草绘模式中的图形保存起来，以便在创建三维特征时调入使用。

2．草绘的概念

平面草绘在 Pro／E 零件模型的建立中是非常重要的。所谓平面草绘就是指产生特征的二维几何图形，也称为截面。完成后的二维截面通过"拉伸"、"旋转"、"扫描"和"混合"等特征造型方式就可以建立三维实体模型。在 Pro／E 中，构成截面的两大要素分别为几何图形和尺寸数据。由于 Pro／E 采用参数式绘图，所以在草绘模式下，开始绘制几何图形时只需绘制大致的形状，不需严格的设计尺寸，绘制好的几何图形经过尺寸标注就可以修改为所需的设计尺寸。系统自动以正确的设计尺寸值来约束或修正所绘的几何图形。

3．草绘工具栏中直线绘制的用法说明

单击草绘工具栏中"直线按钮"旁的三角，弹出 3 种绘制直线的图标 ，分别用于绘制 3 种不同的直线。

（1）直线段

选择此命令后，用鼠标左键在绘图工作区分别选择两点作为直线段的起点和终点，使用鼠标中键完成画线，否则，将继续直线段的绘制。当绘制的直线接近水平或竖直线时，系统会自动显示出"H"或"V"来提示所画直线是水平或竖直，如图 1-7 所示。

（2）相切线

用鼠标左键首先单击与直线相切的第一个图素（圆、圆弧或样条线），再选取与直线相切的第二个图素（圆、圆弧或样条线），这样在两图素间画出一条切线，如图 1-7 所示。

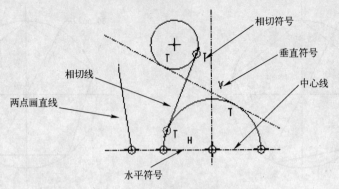

图1-7　直线的画法

（3）中心线 ⋮

绘制中心线与绘制直线的方法相似。用鼠标左键在绘图工作区分别选择中心线的起点和端点，即可绘制一条中心线，如图1-7所示。

4. 草绘工具栏中画圆的用法说明

单击草绘工具栏中"圆按钮"旁的三角，弹出绘制5种圆的图标 ○ ○ ◎ ○ ○ ，分别用于绘制5种不同的圆。

（1）圆心和点 ○

在绘图区域用鼠标左键选择圆的圆心，然后拖动鼠标，圆的直径随着鼠标的移动而变化，单击鼠标左键确定半径大小，如图1-8所示。

（2）同心圆 ◎

选择一个已存在的圆或圆弧，以确定所绘圆的圆心，然后拖动鼠标选择半径，单击鼠标左键确定圆半径大小，如图1-9所示。

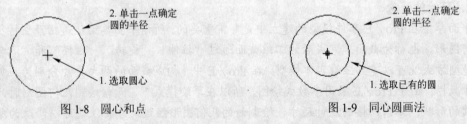

图1-8　圆心和点　　　　　　　　　　　　图1-9　同心圆画法

（3）3相切圆 ○

3相切圆就是绘制与3个图素相切的圆。用鼠标左键选取3个图素，在3个图素间产生一个相切圆，单击鼠标中键退出，如图1-10所示。

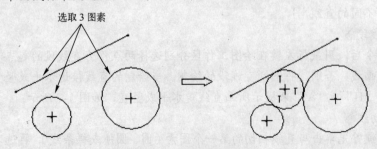

图1-10　3相切圆的画法

（4）3 点绘圆

通过不在一条直线上的 3 个点绘制一个圆。用鼠标左键选取不共线的 3 个点，在选取的 3 点间产生一个圆，单击鼠标中键退出，如图 1-11 所示。

（5）椭圆 ⬭

以两点方式绘制椭圆。在绘图区域用鼠标左键选择椭圆的圆心，然后拖动鼠标选择一点来确定椭圆的大小，如图 1-12 所示。

图 1-11　3 点绘圆　　　　　　　　　　　　图 1-12　椭圆画法

5．约束按钮的用法说明

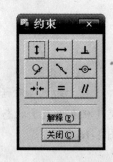
图 1-13　"约束"对话框

在二维截面的设计中，学会使用约束条件能大大提高设计效率。单击草绘工具栏中"约束"按钮，弹出"约束"对话框，如图 1-13 所示。该对话框共提供了 9 种类型的约束条件。

下面举例说明约束的使用方法。

（1）垂直

在"约束"对话框中，单击"垂直约束"按钮，选取线段或两端点后，线段成为垂直线段，两端点成为垂直状态，垂直符号为"V"，如图 1-14 所示。

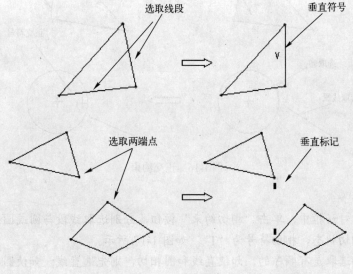

图 1-14　垂直约束

（2）水平 ↔

在"约束"对话框中，单击"水平约束"按钮，选取线段或两端点后，线段成为水平线段，两端点成为水平状态，垂直符号为"H"，如图 1-15 所示。

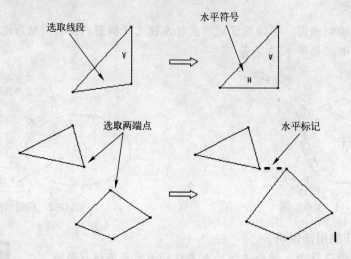

图 1-15　水平约束

（3）正交 ⊥

在"约束"对话框中，单击"正交约束"按钮，分别选取两相交线段后，两线段成为正交（相互垂直）状态，正交符号为"⊥"。对于线段和圆，正交约束后线段指向圆的圆心，如图 1-16 所示。

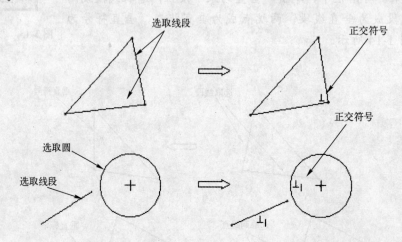

图 1-16　正交约束

（4）相切 ◊

在"约束"对话框中，单击"相切约束"按钮，分别选取线段与圆或圆弧后，使线段与圆或圆弧成为相切状态，相切符号为"T"，如图 1-17 所示。

线段和圆的选取是有顺序的，如使直线和圆相切，则先选直线；如使圆与线段相切，则先选圆。

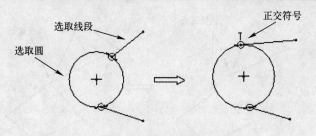

图 1-17 相切约束

（5）中点 ✎

在"约束"对话框中，单击"中点约束"按钮，分别选取线段和任意点后，任意点成为线段的中点。中点符号为"⚹"，如图 1-18 所示。

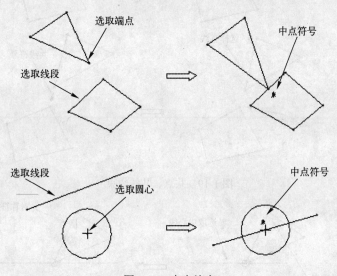

图 1-18 中点约束

（6）共点、共线 ◈

在"约束"对话框中，单击"共点、共线约束"按钮，选取两不重合点后，使两点重合。选取两条线段后，使两直线共线对齐。选择一条直线和一个点后，使直线和点对齐。共点、共线符号为"--"，如图 1-19 所示。

（7）对称 ⬌

进行对称约束时，必须先画一条中心线，然后在"约束"对话框中，单击"对称约束"按钮，分别选取中心线和两个点，则两点相对于中心线对称。对称符号为"→←"，如图 1-20 所示。

（8）相等 ＝

在"约束"对话框中，单击"相等约束"按钮，选取两条线段，可以使两线段的长度相等。选取两个圆或圆弧，可以使两圆或圆弧的半径相等。相等的显示符号为"L_1"或"R_1"，如图 1-21 所示。

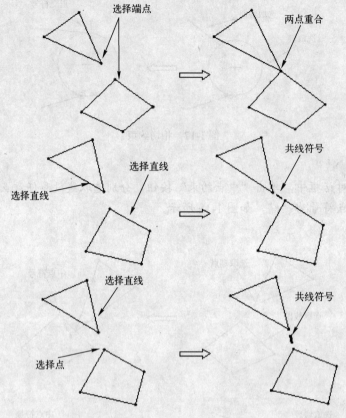

图 1-19 共点、共线约束

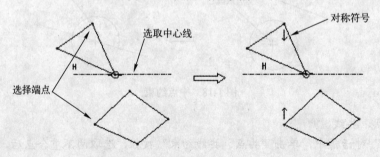

图 1-20 对称约束

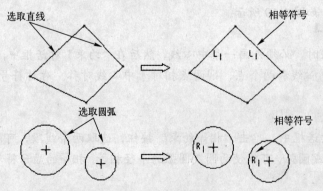

图 1-21 相等约束

（9）平行 $\parallel$

在"约束"对话框中，单击"平行约束"按钮，选取两条线段，可以使两线段相互平行。平行符号为"$\parallel$"，如图 1-22 所示。

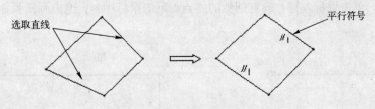

图 1-22 平行约束

1.2 案例 2——支架平面图

1. 案例说明

本案例进一步说明草绘技巧。本案例应用了圆弧、修剪、圆角、标注尺寸、修改尺寸数值和镜像等技巧。绘制支架平面图结果如图 1-23 所示。

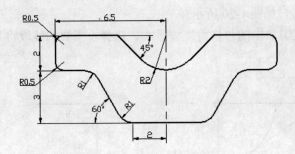

图 1-23 支架平面图

2. 绘图思路

分析零件结构，确定零件为左右对称结构，先画左边部分的图形。用直线工具绘制对称中心线，再用直线工具连续绘出左段的直线、圆弧及圆弧的切线，用修剪工具进行剪切，将多余的线条去掉。画两直线间的圆角，通过标注尺寸和修改尺寸对图形进行约束，最后通过镜像工具将左边图形以中心线为对称中心线进行镜像处理。

3. 操作步骤

1）新建草绘文件。单击工具栏中的"新建"按钮 ，或单击主菜单"文件"→"新建"命令，系统弹出"新建"对话框，如图 1-2 所示。在"类型"栏中选择"草绘"；在"名称"文本框中输入文件名（文件名不支持中文），单击"确定"按钮，进入草绘模块。

2）分析零件结构，确立绘图中心。由零件图（图 1-23）可知，此支架左右对称，所以只要画出左边一半的图形，然后沿着中心线对称做镜像，即可完成平面图形的绘制。

3）在草绘区绘制竖直中心线及支架轮廓。

用直线工具画 1—6 的中心线，再画 1—2，2—3，3—4，4—5，5—6 的直线段，如图 1-24 所示。

4）画圆弧。使用圆心/端点画圆弧。

单击工具条中的"画圆弧"按钮，将鼠标移动到第 1 点，以第 1 点为圆心，单击鼠标左键，再在水平直线上移动鼠标到适当位置，单击鼠标左键，确定圆弧的起点；移动鼠标到竖直中心线上，单击鼠标左键，确定圆弧的终点。单击鼠标中键，退出画圆弧命令，如图 1-25 所示。

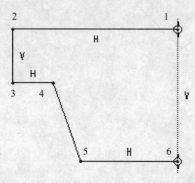

图 1-24　绘制中心线及支架轮廓

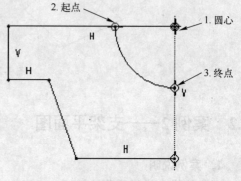

图 1-25　画圆弧

5）画切线。画切线时，起点在直线上，终点在圆弧上。特别要注意当直线和圆弧相切时会出现"T"相切符号，如图 1-26 所示。

6）修剪。单击工具条中的"修剪"按钮，选择不需要的线段将其修剪掉，如图 1-27 所示。

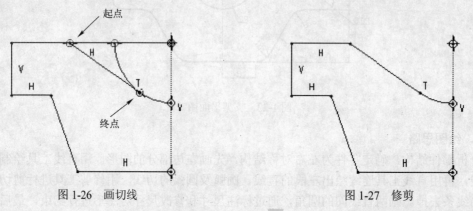

图 1-26　画切线　　　　　　　　　　　　　　　　图 1-27　修剪

7）画圆角。单击工具条中的"画圆角"按钮，选择要画圆角的两条边，画出所需的圆角。

圆角的画法：单击工具条中的"画圆角"按钮，选择要画圆角的直线的一端，再选择另一条直线要画圆角的一端，在这两条直线的拐角处，系统进行圆角处理。此处共有 4 处需要画圆角，方法相同，如图 1-28 所示。

8）标注尺寸。单击工具条中的"标注尺寸"按钮，选择要标注尺寸的地方进行尺寸标注，单击鼠标中键结束，如图 1-29 所示。

举例说明：

①"4.32"的标注。鼠标单击点画线，再单击最左边的直线，移动鼠标到两直线上方的适当的位置，单击鼠标中键，放置尺寸，同时完成尺寸标注。

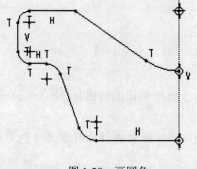

图 1-28 画圆角

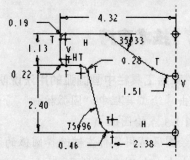

图 1-29 标注尺寸

②"35.33"角度的标注。鼠标单击水平直线，再单击斜线，移动鼠标到两相交直线夹角的适当的位置，单击鼠标中键，放置尺寸，同时完成角度尺寸标注。

③"0.19"半径的标注。单击圆弧，再移动鼠标到圆弧外适当的位置，单击鼠标中键，放置尺寸，同时完成半径尺寸标注。

9）修改尺寸。单击工具条中的"修改尺寸"按钮 ，选择要修改的尺寸，弹出"修改尺寸"对话框，如图 1-30 所示。修改尺寸前最好将"再生"复选框中的"√"取消。选中所有要修改的尺寸，将其修改为零件图中所标注的尺寸。然后单击对话框中的 按钮，完成尺寸的修改，如图 1-31 所示。

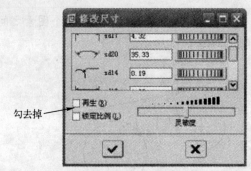

图 1-30 "修改尺寸"对话框

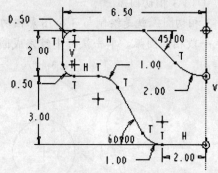

图 1-31 修改尺寸

10）镜像图形。单击工具条中的"选择"按钮 ，选中图中所有要进行镜像操作的线段（选中后线段会变成红色）。或者选中一个图素后，按住〈Ctrl〉键，再单击另一图素，直到选中所有的图素。单击工具条中的"镜像"按钮 ，然后单击中心线，完成图形镜像，如图 1-32 所示。

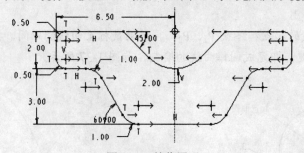

图 1-32 镜像图形

最后单击工具条中的"保存"按钮，将图形保存起来。

技术支持

1．草绘工具栏中画圆弧的用法说明

单击草绘工具栏中"圆弧按钮"旁的三角，弹出 5 种绘制圆弧的图标 。

（1）3 点绘圆弧

在绘图区域用鼠标左键选择圆弧的两端点 P_1、P_2，然后拖动鼠标至第 3 点（P_3）以确定圆弧的大小，如图 1-33 所示。

（2）同心圆弧

先选取一个已有的圆或圆弧，确定所绘圆弧的中心，再选取圆弧的起点和终点，单击鼠标中键完成圆弧的绘制，如图 1-34 所示。

图 1-33 3 点绘圆弧　　　　　　　　　图 1-34 同心圆弧

（3）3 相切圆弧

3 相切圆弧就是绘制与 3 个图素相切的圆弧。用鼠标选取 3 个图素，在这 3 个图素之间产生一段相切圆弧，单击鼠标中键完成圆弧的绘制，如图 1-35 所示。

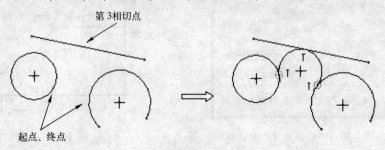

图 1-35 3 相切圆弧

（4）圆心/端点绘制圆弧

用鼠标选取圆弧中心，再选取圆弧的起点和终点，即完成圆弧的绘制，如图 1-36 所示。

（5）圆锥曲线

先选取圆锥曲线的起点和终点 P_1、P_2，再移动鼠标至曲线的中间，拖动曲线到适当的位置 P_3 后单击鼠标左键，即完成圆锥曲线的绘制，如图 1-37 所示。

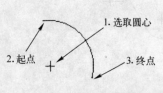 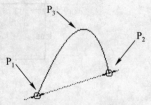

图 1-36 圆心/端点绘制圆弧　　　　　　图 1-37 圆锥曲线

2．草绘工具栏中圆角的用法说明

单击草绘工具栏中"圆角按钮"旁的三角，弹出绘制两种类型的倒圆角图标 。

（1）圆形倒圆角

用鼠标选取两图素，即可在两图素间产生一个圆弧形倒圆角，如图 1-38 所示。

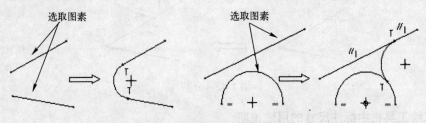

图 1-38　倒圆角

（2）圆锥形倒圆角

用鼠标选取两图素，即可在两图素间产生一个椭圆形倒圆角。用法与圆形倒圆角类似，如图 1-39 所示。

3．草绘工具栏中修剪的用法说明

单击草绘工具栏中"修剪按钮"旁的三角，弹出 3 种修剪方式的图标 ，可完成 3 种不同方式的修剪。

（1）删除线段

用鼠标直接选取要删除的图素即可。它是一种动态裁剪形式，系统可以自动判断出需要被截的线条并进行裁剪，如图 1-40 所示。

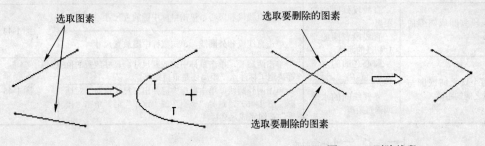

图 1-39　倒圆锥角　　　　　　　　　　　图 1-40　删除线段

（2）拐角剪裁

拐角裁剪是将两相交图素在交点处裁剪，而且裁剪掉的是两图素中没有被选中的那一部分，或将两条有相交趋势的图素延长至交点，如图 1-41 所示。

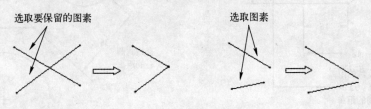

图 1-41　拐角剪裁

（3）分割 ✍

分割即"打断"，可以将一条线分割成两条线。将鼠标移动到要分割的线上，单击鼠标左键选取分割点即可，如图 1-42 所示。

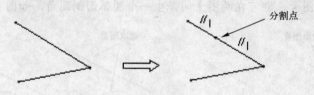

图 1-42　分割

4. 草绘工具栏中标注尺寸的用法说明

单击草绘工具栏中的"标注尺寸"按钮 ⊨ ，即可进行一般的尺寸标注。

（1）线性尺寸的标注

线性尺寸标注方法见表 1-1。

表 1-1　尺寸标注的类型及标注方法

尺寸类型		标注方法	图 例
线段长度		单击该线段，移动鼠标在恰当位置，单击鼠标中键放置尺寸	图 1-43
两点间的距离		分别单击两点，移动鼠标在恰当位置，单击鼠标中键放置尺寸	
点到直线段的距离		单击点和直线段，移动鼠标在恰当位置，单击鼠标中键放置尺寸	
两条平行线间的距离		单击两平行线，单击鼠标中键放置尺寸	
线段到圆或圆弧的距离	直线段到圆心的距离	单击直线段和圆心，单击鼠标中键放置尺寸	图 1-44
	直线段到圆的平行切线的距离	单击直线段和外圆线，单击鼠标中键放置尺寸	
两个圆之间或圆与圆弧之间的距离	圆心之间的水平或垂直距离	单击两圆心，单击鼠标中键放置尺寸。尺寸放置的位置决定了标注水平距离还是垂直距离	图 1-45
	外圆线间的水平或垂直距离	单击两外圆线，单击鼠标中键弹出"尺寸定向"对话框（图 1-46），选择"竖直"或"水平"后，单击"接受"按钮完成尺寸标注	

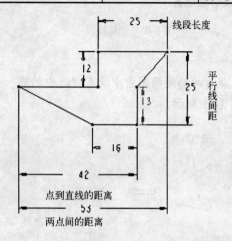

图 1-43　标注线性尺寸

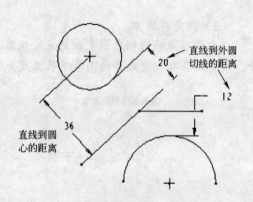

图 1-44　标注线段到圆或圆弧的距离

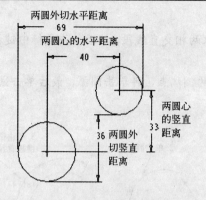

图 1-45 标注两个圆之间的距离

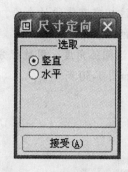

图 1-46 "尺寸定向"对话框

（2）半径和直径尺寸的标注

1）在圆或圆弧上标注半径和直径尺寸，如图 1-47 所示。

① 半径：用鼠标单击圆或圆弧，然后单击鼠标中键放置尺寸。

② 直径：用鼠标双击圆或圆弧，然后单击鼠标中键放置尺寸。

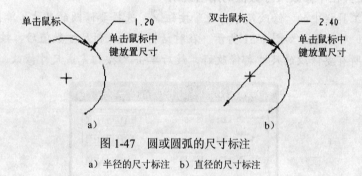

图 1-47 圆或圆弧的尺寸标注

a) 半径的尺寸标注 b) 直径的尺寸标注

2）在截面上标注半径和直径尺寸，如图 1-48 所示。

① 半径：用鼠标单击欲标注尺寸的图线，再单击旋转中心线，最后单击鼠标中键放置尺寸。

② 直径：用鼠标单击欲标注尺寸的图线，然后单击旋转中心线，再次单击图线，最后单击鼠标中键放置尺寸。

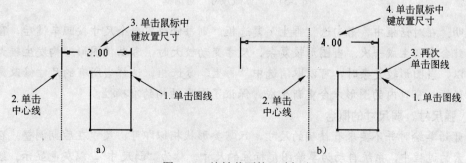

图 1-48 旋转截面的尺寸标注

a) 半径的尺寸标注 b) 直径的尺寸标注

（3）角度尺寸的标注

1）标注相交直线段的夹角。用鼠标分别选取两相交直线段，然后单击鼠标中键放置尺寸，如图 1-49 所示。

2）标注圆弧角度。用鼠标分别选取圆弧的两侧端点，再单击圆弧，最后单击鼠标中键放置尺寸，如图 1-50 所示。

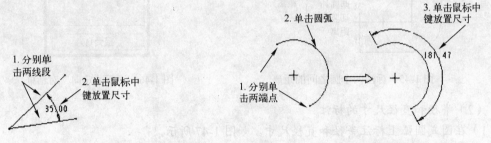

图 1-49　相交直线　　　　　　　　　　图 1-50　圆弧角度的标注

5. 草绘工具栏中修改尺寸数值的用法说明

单击草绘工具栏中的"修改尺寸标注"按钮，选择要修改的尺寸（单击尺寸数字），弹出"修改尺寸"对话框，如图 1-51 所示。在对话框中输入新尺寸数值后，按回车键修改下一个尺寸，直到所有要修改的尺寸都修改好，最后单击 ✔ 按钮完成尺寸修改。

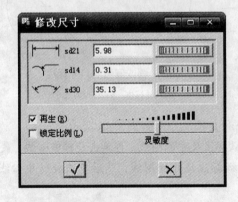

图 1-51　"修改尺寸"对话框

说明：在对话框中，若勾选"再生"复选框，则每修改完一个尺寸按回车键后，窗口内的图形就会重新生成一次。当图形较复杂、尺寸变动较大时，容易使图形结构发生较大的变化。所以，当图形较复杂时，可以取消选中"再生"复选框，这样当所有的尺寸修改完后，退出对话框，窗口内的图形才会重新生成，保证了图形结构的准确性。

6. 强尺寸、弱尺寸的概念

在开始草绘时并不要求有精确的尺寸，只需要形状相似即可，尺寸在后期调整。在绘制几何图素的过程中，系统自动为草绘图元标注的尺寸，称为"弱尺寸"，以灰色显示。经过修改或重新标注后的尺寸，称为"强尺寸"，以深色显示。

"弱尺寸"是系统自动给出的，一般不符合要求。它可以修改，但不能删除。单击菜单"草绘"→"选项"命令，弹出"草绘器优先选项"对话框，在"显示"选项卡中取消选中

"弱尺寸"复选框，草绘时可以不显示弱尺寸。

此外，还可以通过单击菜单"编辑"→"转换到"→"加强"命令，将选定的尺寸转化为强尺寸。当系统的尺寸存在冲突时，系统将删除部分弱尺寸，当强尺寸之间发生冲突时，系统则向用户报告并等候用户处理。当图形尺寸改变时，图形也随之改变，这就是 Pro／E 所特有的以尺寸为驱动的绘图方式。

7．草绘工具栏中镜像的用法说明

在没有选中任何图素时，"镜像"按钮为灰色，处于不可用状态。只有选中图素时，"镜像"按钮才可用。单击草绘工具栏中"镜像"按钮旁的三角形按钮，出现图标，下面详细说明。

（1）镜像

镜像是将图形以中心线为基准进行对称复制。首先选取要镜像的图形，单击草绘工具栏中的"镜像"按钮，最后指定对称中心线完成镜像操作，如图 1-52 所示。

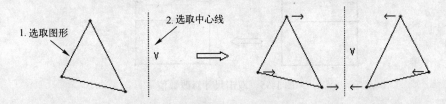

图 1-52　镜像图形

（2）平移、缩放与旋转

选择图素后，单击草绘工具栏中的按钮，弹出如图 1-53 所示的"缩放旋转"对话框，可以在对话框中输入缩放比例和旋转角度，也可以使用鼠标平移、缩放和旋转图形，如图 1-54 所示。最后在对话框中单击按钮完成图形变化。

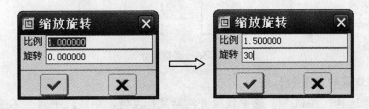

图 1-53　"缩放旋转"对话框

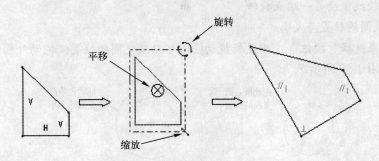

图 1-54　平移、缩放与旋转

（3）复制 □

复制操作与平移操作的用法类似，只是复制操作后原操作图形依然保留在原位置，而移动操作后原图形将被删除。

8. 对象的选择

草绘工具栏中的 ↖ 按钮，称为"对象选择"按钮。它除了一般的选择图素的功能外，还有其他几种功能。

（1）修改尺寸数值

单击草绘工具栏中的"对象选择"按钮 ↖，直接使用鼠标左键双击尺寸数值，弹出修改模式，输入新值，按回车键确认后，图形将根据新尺寸值重新生成，如图 1-55 所示。这种方法较为快捷，多用于草绘图形较简单的情况。

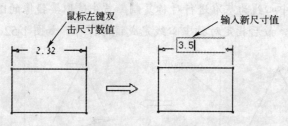

图 1-55 双击尺寸修改数值

（2）调整尺寸

标注尺寸后，单击草绘工具栏中的"对象选择"按钮 ↖，将鼠标移动到尺寸数字上并单击，可以拖动尺寸数字到合适位置，重新调整视图中各尺寸的布置，使图面更加整洁，如图 1-56 所示。

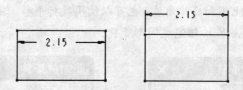

图 1-56 调整尺寸

（3）修改线段的位置和长度

单击"对象选择"按钮 ↖，选中线段并拖动鼠标左键，则线段平移；不选中线段时，单击线段端点并沿线段方向拖动，则可以改变线段的长短；单击线段一端的端点并沿垂直方向拖动，则可以使线段绕另一端点旋转。

（4）修改圆的位置与大小

单击"对象选择"按钮 ↖，用鼠标拖动圆心可以改变圆的位置；拖动外圆边线可以改变圆的大小，如图 1-57 所示。

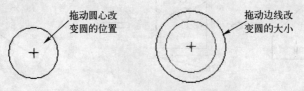

图 1-57 选择键修改圆

实际上在选中"对象选择"按钮　的状态下，只要用鼠标拖动任何图形的端点，都可以改变图形的形状和位置。

9．鼠标左、中、右键的功能

在 Pro/E 操作界面上，鼠标除了可以用来选择各种选项、图标之外，还可以进行图形的截面绘制，同时配合〈Ctrl〉或〈Shift〉键，还可以对模型进行旋转、缩放和平移等操作。表 1-2 列出了鼠标在不同情况下三键的功能。

表 1-2　鼠标各键的功能

模　　式		功　　能
选择模式	左键	选择特征、曲面和线段等
	中键	接受选择，相当于菜单中的"完成"
	右键	使用"查询选取"时切换至下一个特征
二维草绘模式	左键	绘制点、线和弧等图元
	中键	结束或放弃图元的绘制
	右键	绘制不同图元时会弹出不同的快捷菜单
任何情况下	单击鼠标中键并移动鼠标	旋转模型
	上下滚动鼠标中键	缩放模型
	〈Shift+中键〉并移动鼠标	移动模型

10．设置工作目录

在 Pro/E 中，工作目录的设置很重要。系统默认的工作目录是"我的文档"，每次 Pro/E 启动时都会直接将零件文件和其他文件保存在"我的文档"中，给文件的管理造成很大的困难。建议在每次开始绘图时都要先设置好工作目录。设置好工作目录以后，保存文件和打开旧文件的工作都会在指定的目录中进行，这样更方便管理，节省工作时间。在每一次设置后，再次启动 Pro／E 时，系统会记忆上一次的设置，并将其默认为当前的工作目录。

工作目录设置的方法为：单击菜单"文件"→"设置工作目录"命令，出现"设置工作目录"对话框，如图 1-58 所示，选好目录后单击"确定"按钮，则选好的目录文件夹就成为工作目录。

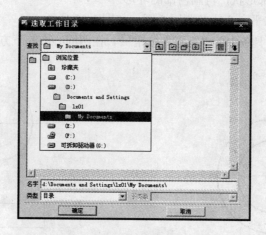

图 1-58　"设置工作目录"对话框

1.3 案例 3——综合实例

1．案例说明
本案例对草绘技巧进行综合训练，绘制结果如图 1-59 所示。

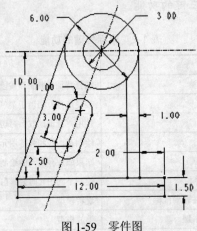

图 1-59 零件图

2．绘图思路
先分析零件的结构特点，确立绘图中心。从此零件的定位基准来看，最上面的两个圆的圆心是最重要的。先画此两圆，再画与外圆相切的直线及其他线框。通过标注尺寸和修改尺寸将圆心以下的线框绘制完成。利用直线工具和约束工具画长圆孔的斜向中心线，画出长圆孔。最后对零件整体进行修改，以满足实例的要求。

3．操作步骤
1）新建草绘文件。单击工具栏中的"新建"按钮 ，或单击主菜单"文件"→"新建"命令，进入草绘模块。

2）分析零件结构，确立绘图中心。由零件图（图 1-59）所知，此平面图形不对称，所以只能分步画出。先画外部形状，再画内部的环形。

3）在草绘区绘制水平中心线及两同心圆，如图 1-60 所示。

4）画矩形。单击工具条中的"矩形"按钮 ，在两同心圆的下方适当位置画出矩形，如图 1-61 所示。

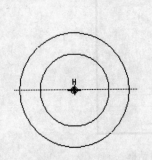

图 1-60 绘制水平中心线及两同心圆

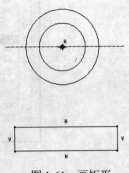

图 1-61 画矩形

5）画两条竖直线和一条切线。画切线时，注意相切符号的提示，如图 1-62 所示。

6）按要求标出图中的尺寸。单击工具条中的"标注尺寸"按钮，选择要标注尺寸的图素，单击鼠标中键结束，如图 1-63 所示。

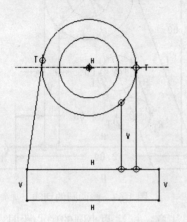

图 1-62　画两条竖直线和一条切线

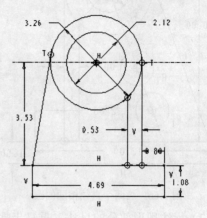

图 1-63　标注尺寸

7）修改尺寸。单击工具条中的"修改尺寸"按钮，选择所有要修改的尺寸，在弹出的"修改尺寸"对话框（如图 1-51 所示）中将尺寸修改为零件图中所标注的尺寸。修改尺寸前最好取消选中"再生"复选框。然后单击对话框中的 按钮，完成尺寸的修改，如图 1-64 所示。

8）画一条平行于切线的中心线。注意平行符号的提示，可利用"约束"按钮进行平行约束，如图 1-65 所示。

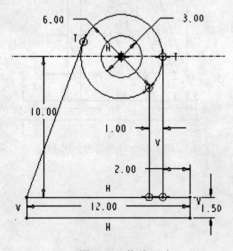

图 1-64　修改尺寸

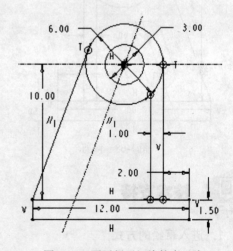

图 1-65　画平行于切线的中心线

9）在斜中心线的适当位置画两个直径相同的圆。注意相等符号的提示，如图 1-66 所示。

10）再画出两圆的切线。注意相切符号的提示，如图 1-67 所示。

11）修剪。单击工具条中的"修剪"按钮，选择两小圆中间不需要的线段将其修剪掉，如图 1-68 所示。

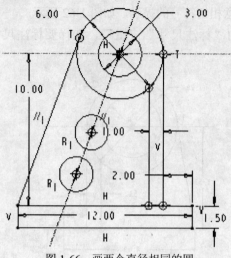

图 1-66 画两个直径相同的圆

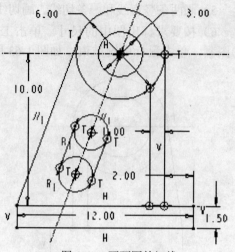

图 1-67 画两圆的切线

12）标注环形部分的尺寸，重复步骤 6）的做法。注意：标注两小圆的中心距时，可选择斜切线段进行标注，如图 1-69 所示。

13）修改尺寸。重复步骤 7）的做法。完成平面图形的绘制，如图 1-69 所示。

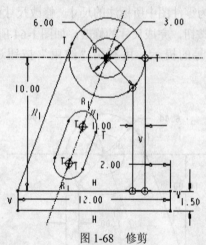

图 1-68 修剪

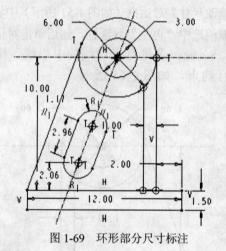

图 1-69 环形部分尺寸标注

 技术支持

1．进入草绘的方式

有 3 种方法可以进入草绘：

1）建立草绘文件。

2）通过草绘基准曲线命令方式。

3）通过"特征造型—草绘"方式。

2．草绘基本步骤总结

1）草绘几何截面。创建截面时，系统有自动捕捉约束的功能，并且能够自动添加弱尺寸。

2）编辑所绘截面，设置、调整约束。

3）根据需要，重定义标注形式，修改尺寸。

以上步骤并没有严格的先后顺序，可以根据所绘截面的具体过程灵活运用。

3. 图形约束总结

各约束条件的含义及使用方法见表1-3。

表 1-3　各约束条件的含义及使用方法

符　号	含　义	使 用 方 法
↕	使直线或两点竖直	选择希望竖直的直线或两点
↔	使直线或两点水平	选择希望水平的直线或两点
⊥	使两图元正交	选择希望正交的两图元，包括圆弧与圆、直线与圆弧或圆等
⌒	使两图元相切	选择希望相切的两图元，包括圆弧与圆、直线与圆弧或圆等
＼	使点放在线的中间	选择一个点和一条线，点就会自动放置到线的中间
◉	使两点重合，两线段在同一延长线上	选择要对齐的点和线就可以实现对齐。可以是单独的点，也可以选择线段的端点
⊢⊣	使两点关于中心线对称	依次选择中心线和希望对称的点或者两线段的顶点
＝	使线段的长度相等、圆或圆弧的半径或曲率相等	选择两线段、圆或者弧
∥	使两线平行	选择两线段或直线

1.4　知识进阶

1. 目的管理器和菜单管理器模式的比较

"目的管理器"的草绘模式是系统默认的草绘模式。它能够动态地标注和约束几何体，使得绘图简单、快捷，极大地提高了绘图效率，如图 1-70 所示。

取消主菜单下"草绘"下拉菜单中"目的管理器"选项的勾选，则会关闭绘图区右侧的草绘工具栏，而在绘图区右侧弹出"菜单管理器"，如图 1-71 所示。使用"菜单管理器"，则草绘以传统的参数模式进行绘图。

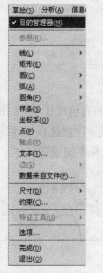

图 1-70　目的管理器

图 1-71　菜单管理器

建议用户使用"目的管理器"模式。选择主菜单下"草绘"下拉菜单中的"目的管理器"命令，如图 1-70 所示，将其勾选，草绘即以"目的管理器"的模式进行。

2. 样条曲线的画法

单击草绘工具栏中的"样条曲线"按钮 ∿，或单击菜单"草绘"→"样条曲线"命令，绘制样条曲线。用鼠标选取一系列的点，这些点将按一定的顺序生成一条平滑的曲线（三次曲线），如图 1-72 所示。

3. 点与相对坐标系的画法

单击草绘工具栏中"点"按钮 ×，或单击菜单"草绘"→"点"命令绘制点。只需在相应位置单击鼠标左键即可。

单击草绘工具栏中的"坐标系"按钮 ⊥，或单击菜单"草绘"→"坐标系"命令绘制一个相对坐标系。同样在相应位置单击鼠标左键即可，如图 1-73 所示。

图 1-72　绘制样条曲线　　　　　　　图 1-73　绘制点与相对坐标系

4. 样条曲线尺寸的标注

创建样条曲线后，可以使用样条的两端点或中间点来标注样条曲线的尺寸。样条曲线需要标注的尺寸有下列两种。

（1）线性尺寸

线性尺寸包括样条曲线两端点间的距离尺寸、样条曲线各中间点的距离，以及端点与其他图素之间的直线尺寸等。用鼠标选取两端点或中间点，单击鼠标中键放置尺寸，如图 1-74 所示。

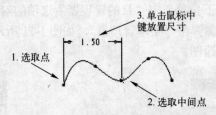

图 1-74　样条曲线线性尺寸标注

（2）相切尺寸

相切尺寸主要是指曲线端点与该曲线在端点的切线之间的夹角尺寸。标注相切尺寸前必须绘制或选择一条基准线，首先用鼠标选择样条曲线，再选择基准线（注意选择基准线的位置决定了标注尺寸的方向），然后再单击需要标注尺寸的端点，最后单击鼠标中键放置尺寸，如图 1-75 所示。

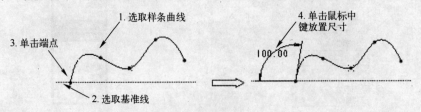

图 1-75　样条曲线相切尺寸的标注

5．绘制文本

单击草绘工具栏中的"文本"按钮 Ⓐ，或单击菜单"草绘"→"文本"命令，在草绘中创建文字。首先确定文本行的起始点，然后再选择第 2 点，起点与第 2 点间的连线长度决定文本的高度，而连线方向（一般起点在低位置，第 2 点在高位置，形成正向文字）决定了文本的书写方向。此时系统会弹出"文本"对话框，如图 1-76 所示。在对话框中可以输入要创建的文本，如图 1-77 所示。

图 1-76　"文本"对话框

当文本沿曲线放置时，需要先在对话框中勾选"沿曲线放置"复选框，再选择放置的曲线，然后输入文本，如图 1-78 所示。

图 1-77　文本的创建　　　　　　图 1-78　曲线文本的创建

1.5　实训课题

结合本章所学知识，完成以下零件图的绘制。

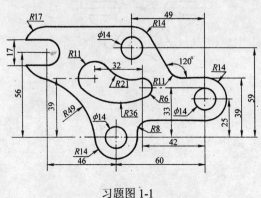

习题图 1-1　　　　　　　　　　习题图 1-2

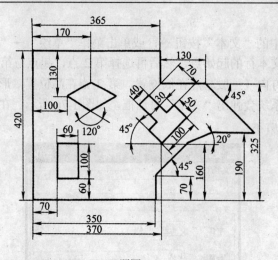

习题图 1-3

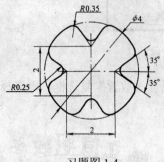

习题图 1-4

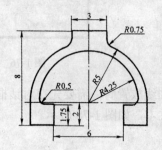

习题图 1-5

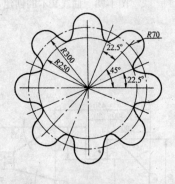

习题图 1-6

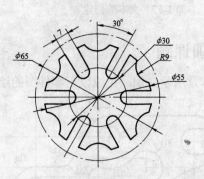

习题图 1-7

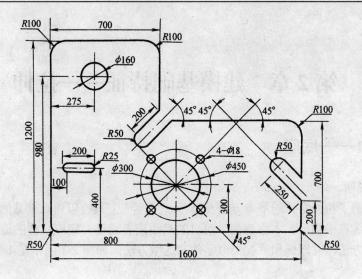

习题图 1-8

第 2 章　建模基础特征——拉伸

2.1　案例 1——底座

1．案例说明

本案例讲解了拉伸实体的基本方法及技巧。"拉伸"工具可以将二维截面沿垂直截面的方向拉伸，以形成三维图形。本案例的学习目的是使读者通过对底座实体的造型，掌握创建拉伸实体的操作方法，并理解和掌握类似零件的造型方法。如图 2-1 所示是本案例的零件图。

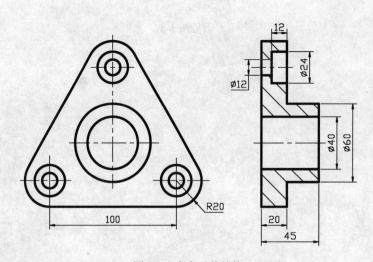

图 2-1　底座零件结构

2．绘图思路

在新建文件中选择零件实体类型和公制单位，在默认基准平面和坐标系下进行造型。先完成基座三角形（带圆角）的拉伸造型，再完成中间圆台和圆孔的拉伸造型，最后对 3 个台阶孔进行拉伸（切割）造型。

3．操作步骤

1）新建零件文件。进入零件设计模式的途径有两种：启动 Pro/E 后，单击工具栏中的"新建"按钮 ，或单击主菜单"文件"→"新建"命令，系统弹出"新建"对话框，如图 2-2 所示。在对话框"类型"栏中选择"零件"；"子类型"栏中选择"实体"；可以在"名称"文本框中修改系统默认的文件名，取消选择"使用缺省模板"复选框，单击"确定"按钮后弹出"新文件选项"对话框，如图 2-3 所示。在"模板"文本框中选择"mmns_part_solid"，即使用"毫米"制（公制）绘图单位进行实体零件的绘制。单击"确定"按钮后进入零件绘制模块。

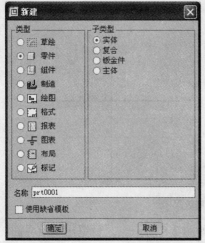

图 2-2　"新建"对话框　　　　　　　　　　图 2-3　"新文件选项"对话框

2）创建拉伸特征。拉伸特征的建立方式有两种：第一种是在菜单栏中单击"插入"→"拉伸"命令，第二种是单击窗口右侧的"拉伸工具"按钮 。打开窗口下方的拉伸特征操作对话框，如图 2-4 所示。

图 2-4　拉伸特征操作对话框

此时，选择"拉伸特征操作"对话框中的"创建截面"功能 。系统将弹出如图 2-5 所示的"剖面"对话框，用来定义草绘面和参照面。在"剖面"对话框中选择草绘平面"TOP"，此时系统将根据所选择的草绘平面自动给出最佳的参照面，如图 2-6 所示，其余选项按系统默认设置，单击　　草绘　　按钮，进入草绘。

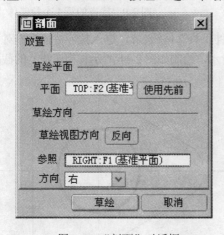
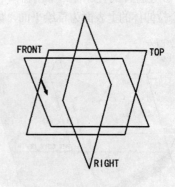

图 2-5　"剖面"对话框　　　　　　　　　图 2-6　草绘平面自动生成示意图

进入草绘时还需要确定尺寸标注参照线，作为草绘图位置尺寸的基准。系统将自动弹出如图 2-7 所示的对话框，如接受系统默认设置，则单击"参照"对话框中的 关闭(C) 按钮即可。

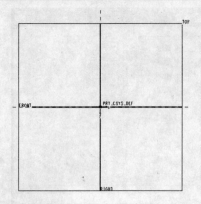

图 2-7　"参照"对话框及其效果

3）草绘二维截面图。在草绘时，绘制二维截面图如图 2-8 所示。之后退出草绘界面。

4）完成第 1 个拉伸体。在拉伸特征操作对话框中，将拉伸方式设为"盲孔"方式，高度设为 20mm，其余选项保留默认设置。

单击"确认"按钮，完成底座的第 1 个拉伸体，如图 2-9 所示。

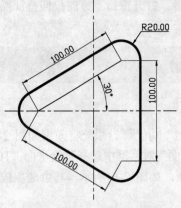

图 2-8　第 1 个拉伸体的截面图　　　　　　　图 2-9　底座的第 1 个拉伸体

5）创建拉伸的叠加体。单击窗口右侧的"拉伸工具"按钮，进入拉伸特征操作对话框，以第 1 个拉伸体的上表面为草绘平面，如图 2-10 所示，绘制如图 2-11 所示（粗实线）的截面。

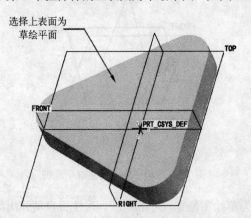

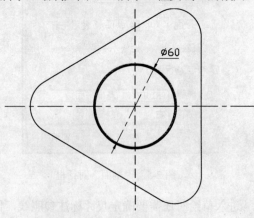

图 2-10　叠加体草绘平面的选择　　　　　　　图 2-11　叠加体的截面图

提示：单击 ☑ 按钮进入"剖面"对话框后，可以用鼠标直接点选第 1 个拉伸体的上表面为草绘平面，如图 2-10 所示，其余选项按系统默认设置，进入草绘。

将第 2 个拉伸体的拉伸高度设为 25mm，其余选项按系统默认设置，单击 ☑ 按钮，生成底座的第 2 个拉伸体，如图 2-12 所示。

图 2-12　叠加体

6）创建第 1 组拉伸的切割体（中间的孔）。单击窗口右侧的"拉伸工具"按钮 ⬚，再次打开拉伸特征操作对话框，单击 ☑ 按钮，选择第 2 个拉伸体的上表面为草绘平面，如图 2-13 所示。其余选项按系统默认设置，进入草绘，绘制截面如图 2-14 所示（粗实线）。

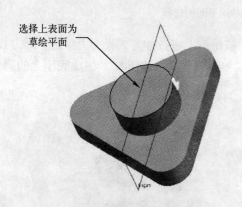

图 2-13　第 1 组切割体草绘平面的选择

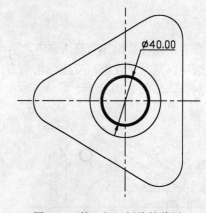

图 2-14　第 1 组切割体的截面

在"拉伸特征操作"对话框中，单击"切割"按钮 ⬚，并将拉伸方式设为"穿透" ⬚ 方式，其余选项保留默认设置。

切割方向向内，拉伸方向向下，如图 2-15 所示。若方向不正确，则单击"方向"按钮 ⬚ 更换方向。单击"确认"按钮 ✓，形成底座的第 1 组切割体，如图 2-16 所示。

7）创建第 2 组拉伸切割体（3 个小孔）。再次进行拉伸操作，单击窗口右侧的"拉伸工具"按钮 ⬚，并单击 ☑ 按钮，打开"拉伸特征操作"对话框，选择第 1 个拉伸体的上表面为草绘平面，如图 2-17 所示，其余选项按系统默认设置，进入草绘。

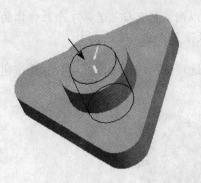

图 2-15　第 1 组切割体切割方向的选择

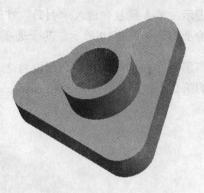

图 2-16　第 1 组切割体

绘制截面如图 2-18 所示（粗实线），完成后退出。

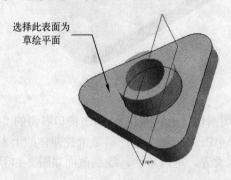

选择此表面为
草绘平面

图 2-17　第 2 组切割体草绘平面的选择

在"拉伸特征操作"对话框中，单击"切割"按钮 ，将拉伸方式设为"穿透" 方式，其余选项保留默认设置。应注意切割方向的选择。单击"确认"按钮 ，生成底座上的第 2 组切割体，如图 2-19 所示。

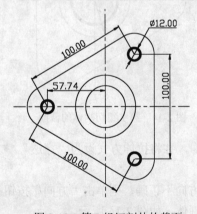

图 2-18　第 2 组切割体的截面

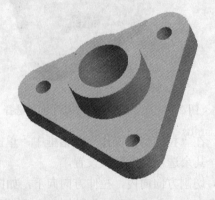

图 2-19　第 2 组切割体

8）创建第 3 组拉伸切割体。以同样的方式创建第 3 组切割体，草绘平面同上，绘制截面如图 2-20 所示，切割深度设为 12mm。最后完成的底座零件，如图 2-21 所示。

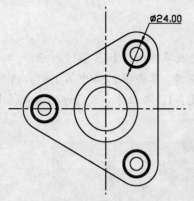

图 2-20　第 3 组切割体的截面

图 2-21　第 3 组切割体

 技术支持

1．拉伸时二维图形的特点

进行实体拉伸非薄壁类零件的操作时，所画的二维图形必须是封闭的线框（一个或多个封闭的线框），如果出现多线、重线、或者首尾相连时不封闭等现象，单击"确认"按钮 ✔ 时，系统就会出现"不完整截面"对话框。"截面不完整，其原因在消息区中列出。是否退出草绘器？"如果单击"否"，则按照消息区中列出的不完整位置进行绘制或删除多余的线条。（出现"不完整截面"对话框时，消息区列出不完整的部分，在绘图区内也用红点作为标示，注意观察即可发现）。

如在实体拉伸前选择的是拉伸出薄壁类零件，绘制的草绘截面则可以是不封闭线框。

2．操控面板的说明

（1）实体造型中新建文件子类型选项说明

实体：绘制三维实体模型。

复合：打开原有的图形进行组合绘制。

钣金件：主要用于制作钣金类的薄板实体。

主体：以原有的图形作为模板进行制作。

（2）新建文件中模板选项说明

空：选择此项为不使用模板。

inlbs_part_ecad：英制 ecad 文件。

inlbs_part_sheetmetal：英制钣金件。

inlbs_part_solid：英制零件。

mmns_part_sheetmetal：公制钣金件。

mmns_part_solid：公制零件。

进入零件操作模块后可以明显看到系统默认的基准平面，它们分别是互相垂直的 TOP（顶视平面）、FRONT（前视平面）和 RIGHT（右视平面）。基准平面在绘图区正面显示为褐色，背面显示为浅黑色，如图 2-22 所示，3 个基准

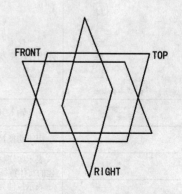

图 2-22　默认基准平面和坐标系

平面均为正面。

（3）"拉伸特征操作"对话框中其各选项的含义

"放置"：定义拉伸特征的截面或另外进行拉伸时进入草绘面，如图 2-23 所示。

"选项"：定义拉伸特征的方式、方向和双侧拉伸的深度。单击图 2-24 中第 1 侧右的"√"下拉按钮，可以选择拉伸方式。拉伸方式共有 6 种，见表 2-1。在拉伸方式后方的输入框中输入的是该拉伸方式的拉伸深度（47.46），如图 2-24 所示。

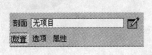

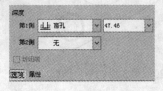

图 2-23　"放置"菜单　　　　　　　　　　图 2-24　"选项"菜单

表 2-1　6 种拉伸方式

拉 伸 方 式	说　明	备　注
盲孔	单向拉伸到某一固定深度	
对称	沿草绘平面两侧对称拉伸到某一深度	输入的深度值是两侧拉伸后的总深度
到选定的	将截面拉伸到某一选定点、曲线、平面或曲面	
到下一个	拉伸截面，直至与下一个平面或曲面相交	
穿透	将截面拉伸至与所有的平面或曲面相交	
穿至	将截面拉伸至与某一指定平面或曲面相交	

注：若所创建的实体是第一个特征，则不出现表中的后面 3 个选项。

"拉伸特征操作"对话框中其各按钮的含义，见表 2-2。

表 2-2　"拉伸特征操作"对话框中的按钮及其含义

按　钮	定义与说明	备　注
⬜	与"放置"功能相同，用于创建拉伸截面或重定义已有的拉伸截面，并进入草绘模式	
⬜	表示拉伸后为实体	实体按钮与曲面按钮只能选择其中一个
⬜	表示拉伸后为曲面	
⬜	是"选项"功能的快捷方式。单击下拉箭头时，会弹出各拉伸方式的选项，对应于"选项"中的各选项	
29.82	用于输入具体的拉伸深度数值	当选择"到下一个"或"穿透"拉伸方式时，该选项框为不可操作状态
⬜	用于切换拉伸或切割的方向	当选择"对称"拉伸方式时，该快捷按钮实际上没有意义
⬜	表示剪切材料，即从现有的材料中减去与当前正创建的实体特征相交部分	若所创建的实体是第 1 个特征，则该按钮为不可用状态
⬜	表示拉伸为薄壁类零件。单击这个接钮后，会出现两个新选项：⬜ 1.19 ✕，用于输入薄壁的厚度和选择加厚的方向	若选择拉伸为实体按钮时，才可以选择该按钮拉伸出薄壁类零件，否则为不可用状态

(续)

按　　钮	定义与说明	备　　注
❚❚ ▶	暂停此工具以访问其它对象操作工具 退出暂停模式，继续使用此工具	
☑δ □ℓ	几何预览选项，系统默认为选择状态。选择此选项系统将以几何体进行模拟效果显示，如不需要可将□ℓ的"√"去掉	当进行特征预览时系统将设几何预览为无效状态。进行特征预览进程中占用系统资源（计算）较多，几何预览次之

3．其他技巧

在绘图过程中，很容易出现因为单击鼠标中键而旋转了图形视角的情况，这时可以通过位于草绘窗口左上角的 📌 按钮定向草绘平面，使其与屏幕平行。

2.2　案例2——叉形零件（带倒圆角）

1．案例说明

本案例包含了拉伸、创建基准平面的做法、倒角及倒圆角操作，增加了零件的强度和美观。通过本案例的训练可以使读者进一步掌握一般零件的拉伸造型技巧。本案例的零件图，如图 2-25 所示。

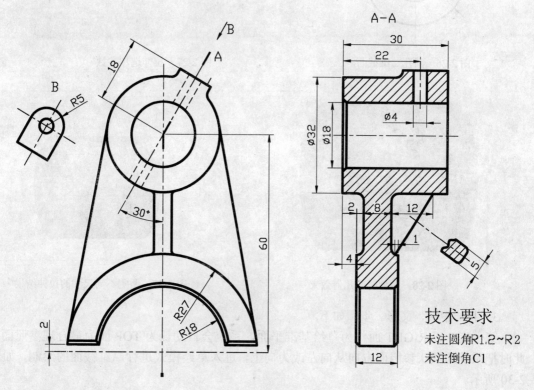

图 2-25　叉形零件

2．作图思路

先进行最上面圆筒的拉伸造型，再拉伸中间板和最下端的叉形。创建一个基准平面，目的是创建斜向凸台的绘图基准面，然后拉伸凸台和穿孔，之后对整个零件倒角，最后对加强肋造型并倒圆角，完成整个零件的造型。

3. 操作步骤

1）新建零件文件。单击菜单"文件"→"新建"，则会出现"新建"文件选项，同前。选择"拉伸"按钮□，进入拉伸特征。以 RIGHT 面为基准面（此时系统会自动认为 TOP 面为最合理参照面，其余按系统默认设置，单击 草绘 按钮，进入草绘）进入草绘模式，绘制如图 2-26 所示的二维截面。

2）拉伸圆孔。绘制二维截面完成后，单击操控板（屏幕左下角）中的"选项"按钮，出现"拉伸方式"对话框，将两侧都设为盲孔，参数如图 2-27 所示，对此截面进行拉伸操作，拉伸时的几何效果如图 2-28 所示，拉伸厚度分别为 20mm 和 10mm，拉伸结果如图 2-29 所示。

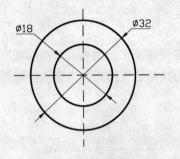

图 2-26　圆孔二维截面

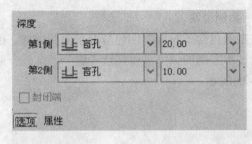

图 2-27　拉伸选项参数

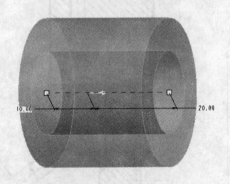

图 2-28　拉伸时的几何效果

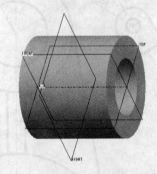

图 2-29　两侧不同尺寸的拉伸结果

3）拉伸中板、叉形。步骤如下。

第一步：以 RIGHT 面作为草绘基准平面，系统会自动认为 TOP 面为最合理参照面，此时把系统的默认参照面方向从向左改为向上，进入草绘模式进行二维截面的绘制，如图 2-30 所示。

单击"双边拉伸"按钮□，拉伸厚度为 8mm。

第二步：拉伸叉形。以 RIGHT 面作草绘基准平面，系统会自动认为 TOP 面为最合理参照面，此时把系统的默认参照面方向从向左改为向上，进入草绘模式进行二维截面的绘制，如图 2-31 所示。

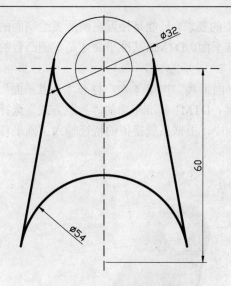

图 2-30　中间板二维拉伸截面

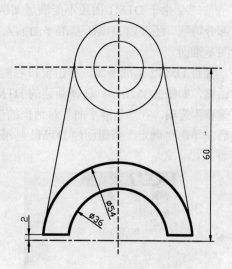

图 2-31　叉形二维拉伸截面

单击"双边拉伸"按钮 ，拉伸厚度为 12mm。

4）创建基准平面。创建基准平面的方式有两种，第一种是单击菜单"插入"→"模型基准"→"平面"命令。第二种是单击窗口右侧的"基准平面"按钮 。打开"基准平面"对话框，如图 2-32 所示。

第一步：单击 A_3 轴，在"参照"中 A_3 轴选择"穿过"选项。在按住〈Ctrl〉键的同时，单击 TOP 基准平面，TOP 基准平面的"参照"方式选择"偏移"选项。在"基准平面"对话框的旋转 150.00 中，根据系统模拟的特征输入正确角度后，单击"确定"按钮即可创建 DTM1 基准平面，操作如图 2-34 所示。

图 2-32　"基准平面"对话框

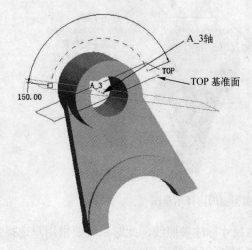

图 2-33　对象选择图例

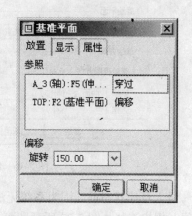

图 2-34　"基准平面"对话框

第二步：由于 DTM1 面还不能满足案例对凸台造型的要求，只能是接近案例所要绘制面的一部分特征。还要以 DTM1 基准平面插入 DTM2 基准平面，DTM2 基准平面才是案例凸台的绘图基准面。

经过 DMT2 基准平面，单击窗口右侧的"基准平面工具"按钮 <kbd>▱</kbd>，打开"基准平面"对话框，如图 2-35 所示。选择新建的 DTM1 基准平面，DTM1 基准平面的"参照方式"选择"偏移"选项。在"基准平面"对话框的 <kbd>平移 -18.00 ▾</kbd> 中，根据系统模拟的特征输入正确平移值后，单击"确定"按钮创建 DTM2 基准平面。

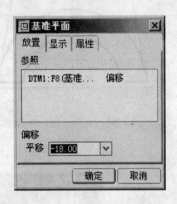
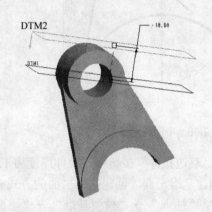

图 2-35　创建 DTM2 基准平面选择示意图

5）拉伸凸台、穿孔。步骤如下。

第一步：利用基准平面 DMT2 绘制凸台。选择拉伸功能，在弹出的"剖面"对话框中，绘图面选择 DMT2 基准平面，参照面选择圆柱上的一个平面，如图 2-36 所示。参照平面相对于绘图面向左，这样可以使绘图过程更为直观。单击"草绘"按钮进入草绘状态。

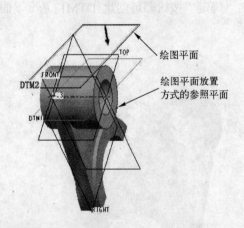

图 2-36　绘图平面与参照平面的选择示意图

进入草绘状态前，因为系统无法识别合理的尺寸标注参照线。此时系统要求用户选择参照线，用户选择如图 2-37 所示即可。绘制如图 2-38 所示的截面图。

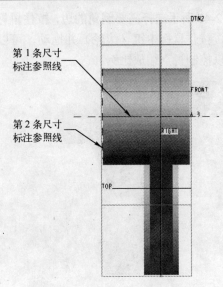

第1条尺寸
标注参照线

第2条尺寸
标注参照线

图 2-37 标注尺寸参照线的选择

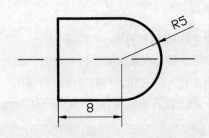

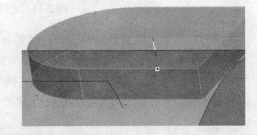

图 2-38 凸台二维截面与拉伸示意图

第二步：绘制完成二维截面后，单击拉伸操作面板中 [⬆️ 1个项目] 的 "√" 下拉按钮，选择 "到选定的" 选项，然后选择零件的圆柱外表面即可。

第三步：绘制凸台中的穿孔。再次进行拉伸操作（绘图面、参照面、参照面方向和尺寸标注参照线均与凸台绘制时的相同）。注意此时可以选择 "穿透" 选项操作，或者用盲孔的拉伸方式，拉伸深度为 34mm，如图 2-39 所示。

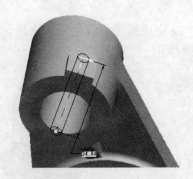

6）倒角。倒角特征的建立方式有两种，第一种方式是单击菜单 "插入" → "倒角" → "边倒角" 命令。第二种方式是单击窗口右侧的 "拉伸工具" 按钮 ⬚。打开

图 2-39 穿孔拉伸方式示意图

"边倒角特征操作" 对话框，如图 2-40 所示设置倒角方式为 "D×D"（默认），倒角距离为 1。

图 2-40 "边倒角特征操作" 对话框

如图 2-41 所示选择需要倒角的边,按住鼠标中键拖动可以转换视图的视角,按住〈Shift〉键的同时,按住鼠标中键(滚轮)并拖动,可以移动视图在窗口中的显示位置(滚动鼠标的滚动轮可以控制视点缩放比例)。

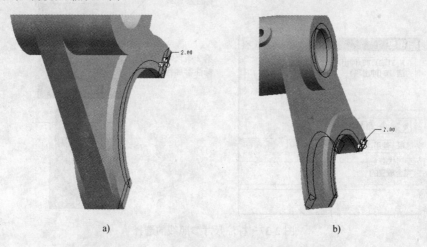

a)　　　　　　　　　　　　b)

图 2-41　选择需要倒角的边

　　完成所需倒角边的选择后单击"建造特征"按钮 ✔ 完成倒角的操作。

　　7)倒 2mm 的圆角。倒圆角特征的建立方式有两种,第一种是在系统菜单栏中单击"插入"→"倒圆角"命令。第二种方式是单击窗口右侧的"倒圆角工具" 按钮。打开"倒圆角操作"对话框,如图 2-42 所示设置倒圆角方式为"圆形"(默认,不需进行其他设置),倒角半径为 2mm。

图 2-42　"倒圆角操控"对话框

　　完成所需倒圆角边的选择,如图 2-43 所示。单击"建造特征"按钮 ✔ 完成倒圆角的操作。

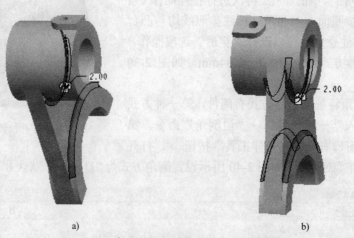

a)　　　　　　　　　　　　b)

图 2-43　选择需要倒圆角的边

8）拉伸加强肋。以 RIGHT 面作草绘基准平面，系统会自动认为 TOP 面为最理想参照面，此时把系统默认参照面方向从向左改为向上，进入草绘模式进行二维截面的绘制，如图 2-44 所示。

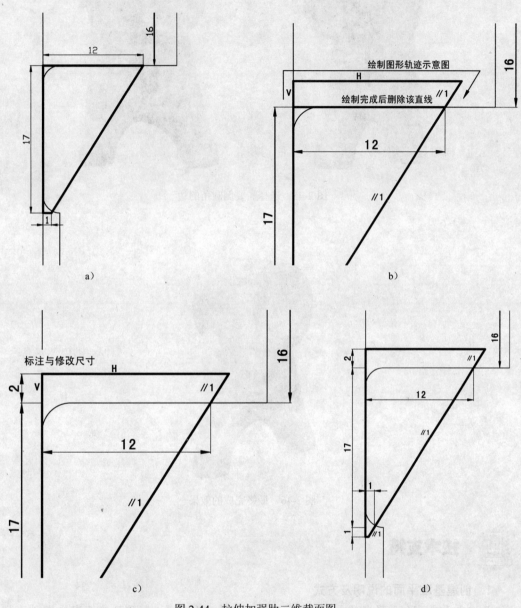

图 2-44　拉伸加强肋二维截面图

a）加强肋绘制（一）　b）加强肋绘制（二）　c）加强肋绘制（三）　d）加强肋绘制（四）

单击"双边拉伸"按钮，拉伸厚度为 5mm。

9）倒 1.2mm 的圆角。打开"倒圆角操作"对话框，如图 2-42 所示设置倒圆角方式为"圆形"（默认，不需进行其他设置），倒角半径为 1.2mm。

如图 2-45 所示选择需要倒圆角的边。完成所需倒圆角边的选择后单击"建造特征"按钮✓完成倒圆角的操作。再对加强肋的轮廓进行倒圆角，最终完成的效果如图 2-46 所示。

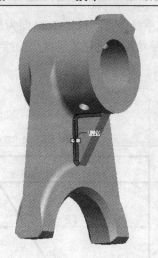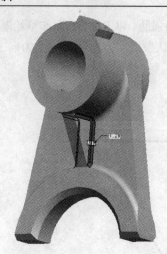

图 2-45　选择需要倒圆角的边

图 2-46　最终完成的效果

 技术支持

1. 创建基准平面的说明及方式

基准平面是一个无限大的平面，它没有大小、体积和质量，始终适应于实体模型的大小，以方框的形式显示，并且在方框的附近标识有基准平面的名称，如 TOP、RIGHT 等，在实体特征的创建过程中起参考作用。

对于用户自己建立的基准平面，系统会根据建立的先后顺序，命名为 DTM1、DTM2、DTM3 等。

（1）基准平面的偏移平面

基准平面的偏移平面的设置如图 2-47 所示，在"显示"选项卡中可以选择偏移平面的方向，在"属性"选项卡中可以定义偏移平面的名称。

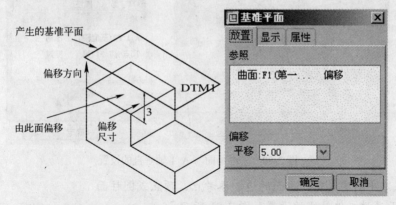

图 2-47　基准平面的偏移平面的设置

（2）基准平面与平面平行

基准平面与平面平行的设置如图 2-48 所示。

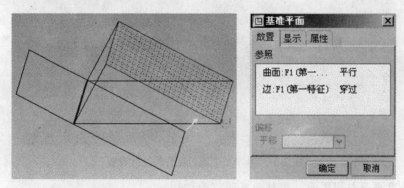

图 2-48　基准平面与一个平行平面的设置

（3）基准平面与平面成一定角度

基准平面与平面成一定角度的设置如图 2-49 所示。

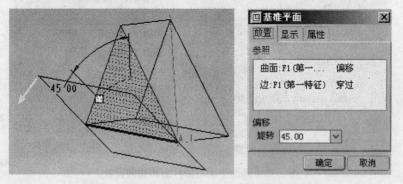

图 2-49　基准平面与平面成一定角度的设置

（4）基准平面与轴、平面的边或另一个面垂直

基准平面与轴垂直的设置如图 2-50 所示。

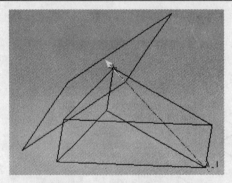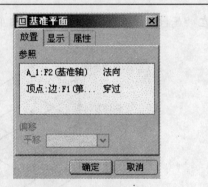

图 2-50　基准平面与 A_1 轴垂直的设置

（5）基准平面通过轴、平面的边、参考点、顶点或圆柱面

基准平面通过工件轴线的设置如图 2-51 所示。

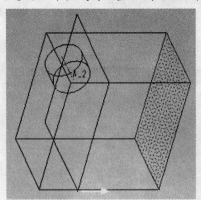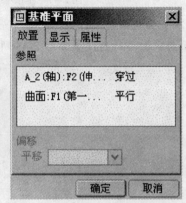

图 2-51　基准平面通过工件轴线的设置

（6）基准平面与圆弧面、圆柱面或圆锥面相切

基准平面与圆柱面相切的设置如图 2-52 所示。

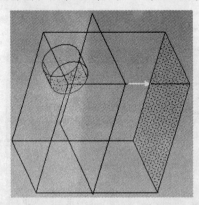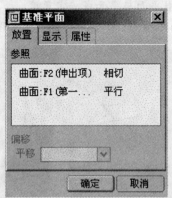

图 2-52　基准平面与圆柱面相切的设置

2．生成基准平面

在 Pro/E 中，基准平面的生成是智能的，即它会根据用户的选择来判定采用何种方法生成空间平面。例如，用户首先选择一个空间点，那么系统就会认定即将生成的空间平面将会通过该空间点，如果用户再选择另外一个已有的空间平面，系统就会生成通过该点并且与已有平面相平行的空间平面。

在"基准平面"对话框中各选项卡的含义如下（如图 2-53 所示）。

图 2-53　"基准平面"对话框

"放置"：用来设置基准平面的位置。

"显示"：此时所显示的大小只能作为参考，不代表真实的基准面大小。

"属性"：确定创建基准面的名称和查看特征信息，如图 2-53 所示。

2.3　知识进阶

1. 零件拉伸造型方法

从零件模型的结构来看，零件是由基本几何体经过一次或多次叠加或切割而成。叠加造型时可以采用多次拉伸，但要注意拉伸时所选用的基准平面。切割实际上也是一种拉伸，是一种减料拉伸。零件在造型过程中，首先要进行结构分析，从整体上看，零件是由哪些基本几何体构成，通过哪些方式进行了叠加和切割。构建零件造型的总体思路，为顺利造型打好基础。

2. 拉伸薄壁实体、不封闭曲面和封闭曲面

如果需要拉伸薄壁实体和不封闭曲面，在进入草绘模式前要把薄壁实体或曲面图标选中。系统默认是非薄壁实体的拉伸，在退出草绘时不允许以不封闭的截面进行草绘模式的退出。

例如绘制如下练习，尺寸自定（如图 2-54～图 2-56 所示）。

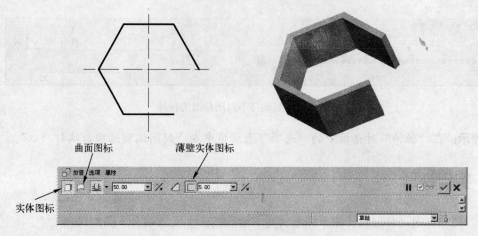

图 2-54　不封闭的薄壁实体的拉伸

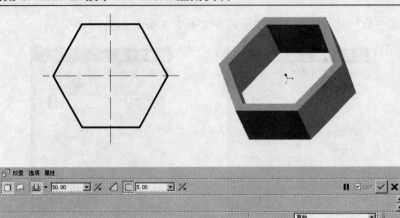

图 2-55　封闭薄壁实体的拉伸

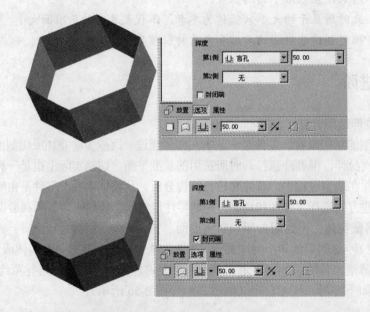

图 2-56　封闭与不封闭曲面的拉伸

提示：在"拉伸"对话框中的"选项"上滑框中在"封闭端"选项前端打"√"。

2.4　实训课题

1. 尺寸自定，合理设计如下图形（要求绘制的图形大致吻合下图的比例）。

习题图 2-1

2. 根据图形中的尺寸绘制如下图形。

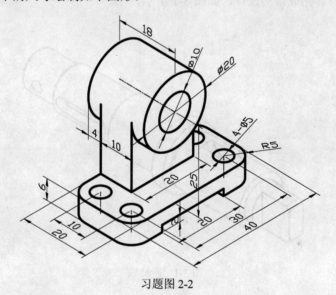

习题图 2-2

3. 按下列零件图进行造型。

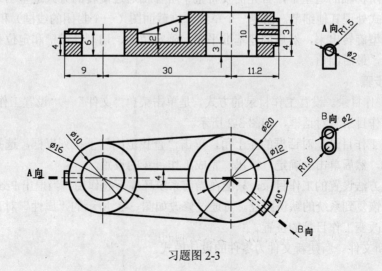

习题图 2-3

第3章 建模基础特征——旋转

3.1 案例1——阶梯传动轴

1. 案例说明

通过"旋转"工具将绘制好的二维截面绕一个旋转轴旋转一周，生成轴类的三维实体。结合之前所学的内容完成轴的设计，如图 3-1 所示。

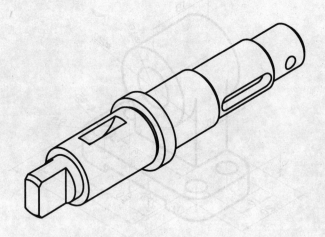

图 3-1 阶梯轴

2. 绘图思路

在本案例阶梯轴的造型中，首先需要将整个阶梯轴通过旋转的方式造型出来，然后通过拉伸减料的方式处理其他细节。创建一个草绘二维截面图（一个封闭的线框）和旋转中心线，将阶梯轴的外型旋转出来，然后创建基准平面，确定拉伸、切割、键槽和定位孔的位置，拉伸切割旋转体，最后倒角。

3. 操作步骤

1）设置工作目录。设置工作目录的方式，是单击菜单"文件"→"设置工作目录"命令，弹出"选取工作目录"对话框，如图 3-2 所示。

在"选取工作目录"对话框的左上角，单击"查找范围"下拉列表框，选择合适的工作目录和文件夹，然后单击"确定"按钮，完成工作目录的设置。

通过上述方法设置的工作目录，只能在当前系统环境下起作用，当退出 Pro/E 再次启动，工作目录仍然恢复到系统的默认路径。可通过修改如图 3-3 所示的"属性"对话框中的起始位置文件夹来改变工作目录的位置。

2）创建新文件。新建新文件为零件的设计模式。

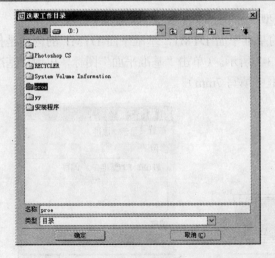

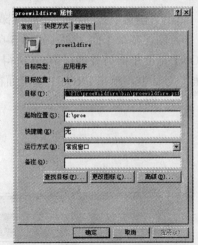

图 3-2　"选取工作目录"对话框　　　　图 3-3　"属性"对话框

3）单击菜单"旋转"命令，创建旋转特征：旋转特征的建立方式有两种，一种方式是单击菜单"插入"→"旋转"命令。另一种方式是单击窗口右侧的"旋转工具"按钮。打开"旋转特征操作"工具栏，如图 3-4 所示。

图 3-4　"旋转特征操作"工具栏

单击"旋转特征操作"工具栏中的"创建截面"按钮。在窗口中选择草绘面为基准平面 TOP，此时系统将根据所选择的草绘面自动给出最佳的参照面，其余按系统默认设置，单击　草绘　按钮，进入草绘。

4）草绘二维截面图和旋转中心线。绘制旋转所需的二维截面，如图 3-5 所示。然后单击　按钮进行中心线的绘制。这样，系统才能以中心线所在的位置作为旋转轴来旋转二维截面，之后单击　按钮退出草绘。

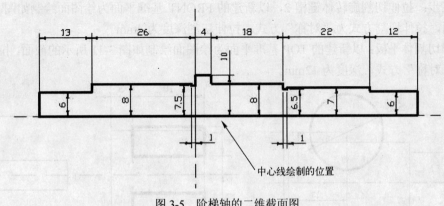

中心线绘制的位置

图 3-5　阶梯轴的二维截面图

5）旋转特征操作。在"旋转特征操作"对话框中，将拉伸方式设为"变量"方式，角度 360°（默认）其余的选项保留默认设置。

49

单击"确认"按钮✔，完成阶梯轴体造型。

6）创建基准平面。创建如图 3-6 所示的基准平面 DTM1，基准平面 DTM1 的创建是把 FRONT 基准平面向外偏移 7mm 所得，如图 3-7 所示。（单击"基准平面"图标，出现"基准平面"对话框，单击 FRONT 基准面在对话框中填写 7mm）。

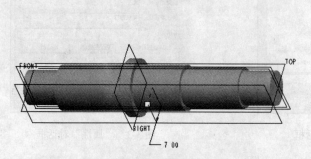

图 3-6　DTM1 基准平面创建示意图

图 3-7　"基准平面"对话框

7）拉伸切割键槽和定位孔，操作步骤如下。

第一步：拉伸切割旋转体键槽 1，以新建的 DTM1 基准平面为绘图面绘制如图 3-8 所示的截面，拉伸切割深度为 3mm。

第二步：拉伸切割定位孔，以新建的 DTM1 基准平面为绘图面绘制如图 3-9 所示的截面，拉伸切割方式为"穿透"方式即可（注意选择正确的切割方向）。

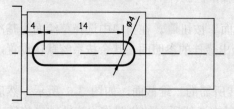

图 3-8　键槽 1 的二维截面图

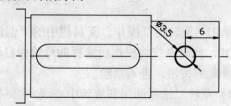

图 3-9　定位孔的二维截面图

第三步：拉伸切割旋转体键槽 2，以新建的 FRONT 基准平面为绘图面绘制如图 3-10 所示的截面，拉伸切割方式为"对称"方式，拉伸切割深度为 4mm。

拉伸切割体平板：以新建的 TOP 基准平面为绘图面绘制如图 3-11 所示的截面，拉伸切割方式为"对称"方式，深度为 12mm。

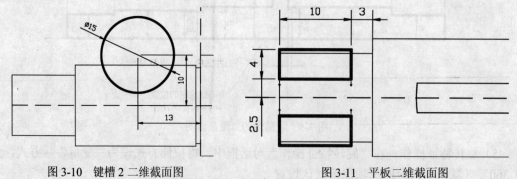

图 3-10　键槽 2 二维截面图　　　　　　　图 3-11　平板二维截面图

8）倒角。需要倒角的地方一共有 3 处，均为 C1。

最终效果图，如图 3-12 所示。

图 3-12　最终绘制完成的阶梯轴效果

 技术支持

1."旋转特征操作"对话框含义

"放置"：定义旋转特征的截面或重定义已有的旋转截面草绘面（如图 3-13 所示）。

"选项"：定义特征的旋转方式、方向和双侧旋开的角度。单击"选项"按钮后，出现角度参数单击"第 1 侧"右侧的"√"下拉按钮可以选择旋转方式，旋转方式共有 3 种，见表 3-1。在旋转方式后面的文本框中输入的是该旋转方式的拉伸角度，如图 3-14 所示。

表 3-1　3 种旋转方式

旋 转 方 式	说　　　明	备　　　注
变量	单向旋转到某一固定角度	输入的角度值是两侧旋开后的总角度
对称	沿草绘面两边对称旋开到某一角度	
到选定的	将截面旋转到某一选定点、曲线、平面或曲面	

"属性"：确定特征名称和查看特征信息。可以在这里更改和确认特征名称，单击 ![i] 按钮可以查看属性的相关信息，如图 3-15 所示。

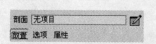

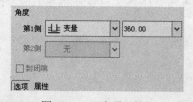

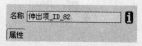

图 3-13　"放置"按钮　　　　图 3-14　"选项"按钮　　　　图 3-15　"属性"按钮

在"旋转特征操作"对话框中各按钮的含义，见表 3-2。

表 3-2　"旋转特征操作"对话框中的按钮及其含义

按　　钮	定义与说明	备　　注
![按钮]	与"放置"功能相同，用于创建旋转截面或重定义已有的旋转截面，并进入草绘模式	
![按钮]	表示旋转后为实体	实体按钮与曲面按钮只能选择其中一个
![按钮]	表示旋转后为曲面	

（续）

按　钮	定义与说明	备　注
	是"选项"功能的快捷选择方式。单击下拉箭头时，会弹出各旋转方式的选项，对应于"选项"中的各选项，对应表 3-1 中的 3 种旋转方式	
29.82	用于输入具体的旋转角度数值	当选择"到下一个"旋转方式时，该选项框为不可操作状态
	用于切换拉伸或切割的方向	当选择"对称"旋转方式时，该按钮实际上没有意义
	表示剪切材料，即从现有的材料中减去与当前正创建的实体特征相交的部分	若所创建的实体是第 1 个特征，则该按钮为不可用状态
	表示旋转为薄壁的草绘。单击这个按钮后，会出现两个新选项：1.19 ，用于输入薄壁的厚度和选择加厚的方向	若选择拉伸为实体按钮时，才可以选择该按钮拉伸出薄壁类零件，否则为不可用状态
	暂停此工具以访问其它对象操作工具 退出暂停模式，继续使用此工具	
	几何预览选项，系统默认为选择状态。选择此选项系统将以几何体进行模拟效果显示，如不需要则可以去掉选项框中的选择符号。	当进行特征预览时系统将置几何预览为无效状态。进行特征预览进程中占用系统资源（计算）较多，几何预览次之。

2. 零件造型的修改方法

Pro/E 软件的出现是现代 CAD（计算机辅助设计）技术发展中的里程碑，代表着 CAD 软件继实体技术和曲面技术之后进入了全新的特征技术时代。它属于高端的 CAD 软件，支持复杂产品开发的多方面需求。Pro/E 软件在零件绘制完成后，可以在绘图窗口内预览到绘制完成的效果图，如果发现不合理的或绘制错误的地方，可以在效果图和设计图中快速切换，修改设计图中的尺寸、形状和特征产生参数，以很快的速度让用户再进行图形效果的设计和计算。

修改后的图形和特性也必须能生成特征模型，如"旋转"特征中要求的线框结构合理与有中心线两个条件缺一不可。修改后生成的特征模型也不能与现有的特征模型产生冲突。

修改的具体方法为：在模型树中用鼠标右键单击要修改尺寸的特征模型，弹出如图 3-16 所示的快捷菜单。

在模型树中用鼠标右键单击要修改尺寸的特征模型下的草绘模型，弹出如图 3-17 所示的快捷菜单。

图 3-16　用鼠标右键单击特征模型时
弹出的快捷菜单

图 3-17　用鼠标右键单击草绘模型时
弹出的快捷菜单

选择"编辑"命令，则在绘图框内出现绘图尺寸，但这种尺寸改变不能立即将修改了的尺寸在实体中显示，只能显示绘图轮廓的改变。要想使图中的特征显示成修改后的尺寸，还需要单击主菜单"编辑"→"再生"命令。

若选择"编辑定义"命令，则重新回到"剖面"对话框，该对话框中已有上次操作时选择的绘图平面和参照面，此时可以改变绘图平面和参照面，改变后单击"确定"按钮即可。也可以单击"草绘"按钮进入草绘模式对特征截面进行编辑（注意：这是最常用的修改方法）。

3."模型显示"工具栏说明

"模型显示"工具栏有4个图标按钮，如图3-18所示，各按钮功能如下。

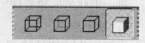

图3-18　"模型显示"工具栏

线框显示模式：[图标]按钮在此模式下显示的实体或曲面都是以轮廓线作为显示模式，轮廓线在显示时不管是否能被看见，只是单纯地把所有的轮廓线以同一颜色显示出来（默认为白色）。

隐藏线显示模式：[图标]按钮在此模式下显示的实体都是以轮廓线作为显示模式，轮廓线在显示时不管是否能被看见，把所有理论上没有被任何平面或轮廓覆盖的轮廓线以一种颜色显示出来（默认为白色），把被任何平面或轮廓覆盖的轮廓线以另一种颜色显示出来（默认为灰色）。

无隐藏线显示模式：[图标]按钮在此模式下显示的实体都是以轮廓线作为显示模式，轮廓线在显示时不管是否能被看见，把所有理论上没有被任何平面或轮廓覆盖的轮廓线以一种颜色显示出来（默认为白色），被任何平面或轮廓覆盖的轮廓线则不在窗口内显示。

着色显示模式：[图标]按钮把所有的平面、曲线或其他对象都以系统设置的值进行染色，被任何平面或轮廓覆盖的轮廓线或平面等对象则不在窗口内显示。

4种显示模式如图3-19所示。

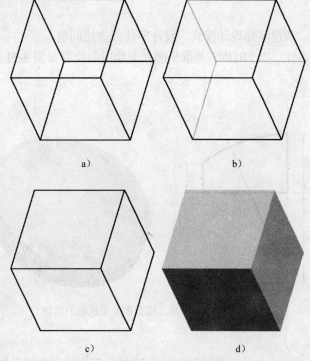

a)　　　　　　　　　　　　b)

c)　　　　　　　　　　　　d)

图3-19　模型显示的4种显示模式

a）线框显示模式　b）隐藏线显示模式　c）无隐藏线显示模式　d）着色显示模式

3.2 案例 2——旋钮造型

1. 案例说明

进一步熟悉创建旋转实体和切割实体的方法和技巧。

2. 绘图思路

本案例为旋钮的造型，特点是先旋转出一个回转体，在这个回转体基础上进行旋转切割和拉伸出其他细节。具体做法是先用直线和圆弧工具草绘一个带圆弧的直线框，并旋转360°。再次进入旋转造型，用两个矩形线框通过旋转来切割旋钮的基体，倒 2mm 的圆角，最后拉伸传动轴。完成效果如图 3-20 所示。

图 3-20　旋钮造型

3. 操作步骤

1）创建新文件。新建零件设计模式，设计零件。方法同前。

2）创建旋转基本体。以 FRONT 基准平面作为绘图面绘制如图 3-21 所示的二维截面图，并进行 360°旋转。

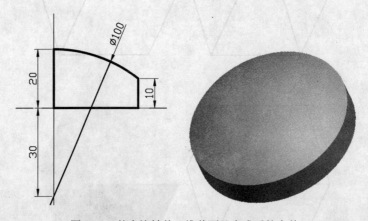

图 3-21　基本旋转体二维截面及生成后的实体

3）切割旋转槽。

以 FRONT 基准平面作为绘图面绘制如图 3-22 所示的二维截面图，并按如图 3-23 所示的参数设置双边 30°的旋转切割角度。

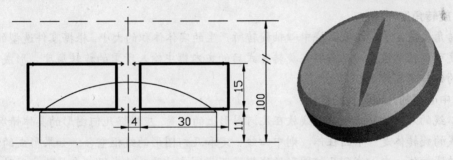

图 3-22　切割槽二维截面与操作结果

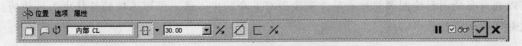

图 3-23　切割槽参数设置

4）倒 2mm 的圆角。倒圆角所需选择的轮廓如图 3-24 所示。

5）拉伸传动轴。以 TOP 基准平面作为绘图面绘制如图 3-25 的转动轴二维截面图，并拉伸，拉伸长度为 22mm。

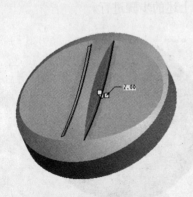

图 3-24　倒圆角的轮廓选择

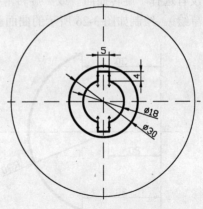

图 3-25　传动轴二维截面

至此按钮造型完成。

 技术支持

1. 草绘旋转特征的规则

1）旋转截面必须有一条中心线。

2）几何图形必须只能草绘在旋转轴的一侧。

3）若草绘中使用的中心线多于一条，Pro/E 将使用草绘的第一条中心线作为旋转轴。

2. 切换旋转方向

旋转的方向主要以旋转时模拟箭头方向为主要的参考方向。其余的可以用旋转操作控制面板中的 按钮进行方向的切换。

3．旋转角度

旋转角度决定了草绘截面绕中心轴旋转所产生的实体体积的大小。根据零件造型的需要，旋转角度可以任意设置，只需要在旋转方式后的文本框中输入所需的旋转角度。形成完整球体所需的旋转角度为360°。

4．中心线的几何位置的选择

中心线的几何位置是指中心线放在几何图形上的位置。应根据几何图形的具体情况选择。如果形成的旋转体是一个圆柱体，则中心线一定和几何图形的线框重合；如果形成的旋转体是带孔的圆柱体，中心线到几何图形的线框的距离则应该是孔的半径。在具体应用时不要绘制多个中心线，若在绘制图形过程中需要绘制非作为旋转中心的中心线（如镜像中心线等）。可以在所有的图形绘制调整结束后，删除所有多余的中心线，保留正确的旋转中心线作为此次封闭截面旋转的中心线。

3.3　知识进阶

1．旋转曲面

选择"旋转特征操作"工具栏中的"旋转曲面操作"按钮，进入草绘模式（若在进入草绘前没有选择"旋转曲面"或"旋转薄壁"特征操作功能，将无法以不封闭的特征操作曲线退出草绘）。绘制如图 3-26 所示的曲面就必须采用上述的步骤进行。

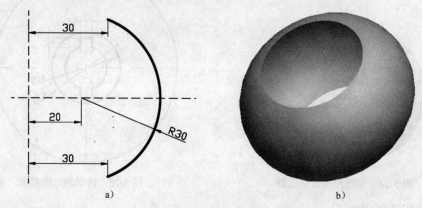

图 3-26　曲面旋转实例

a）旋转曲面的二维截面图　b）旋转曲面完成效果图

2．薄壁实体旋转

选择"旋转特征操作"工具栏中的"旋转曲面操作"按钮，进入草绘模式绘制如图 3-27 所示的曲面，薄壁厚度为 2mm。

3．实体上色的方法

系统默认的模型着色显示为灰色。有时候默认的颜色不能表现出零件模型的特点，可以把模型自定义为其他颜色或图片纹理特征等，使用不同的颜色和图片纹理特征的显示效果更能体现出模型的特点，同时也能给用户良好的视觉效果。

下面作一个简单的实例介绍。

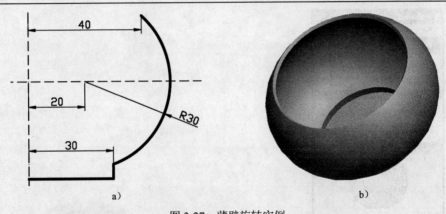

图 3-27 薄壁旋转实例

a）旋转薄壁实体的二维截面图 b）旋转薄壁实体完成效果图

1）打开案例 2 中设计好的零件模型，如图 3-28 所示。

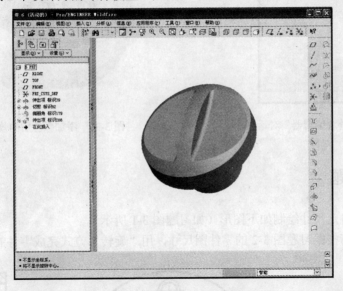

图 3-28 案例 2 中的零件模型

2）选择主菜单"视图"→"颜色和外观"命令，弹出"外观编辑器"对话框，如图 3-29 所示。

3）单击"指定"选项组"√"按钮则出现下拉列表，选择"曲面"选项，弹出"选取"对话框。

4）单击模型中的一个面（若要进行多个面同时选取，则在选第一个面以外的其他面时都按住〈Ctrl〉键不放，进行多选），选取两个面，拉动表示颜色强度、环境的滚动条，选择合适的颜色，然后在"属性"的各个选项卡中，调整颜色明亮程度（还可以在"映射"和"高级"选项卡中进行特殊效果的设置），单击"指定"下的"应用"按钮，即可以实时地在窗口上进行效果的预览。完成设置后单击"关闭"按钮。

5）重复上面的步骤，分别选择其他不同的面，添加不同的颜色，设置后的效果如图 3-30 所示。

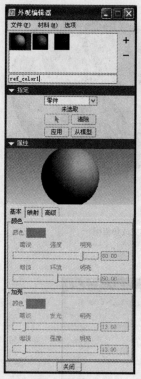

图 3-29 "外观编辑器"对话框

图 3-30 添加颜色后的效果图

3.4 实训课题

习题 3-1 自定尺寸绘制如下图形（如习题图 3-1 所示）。

习题 3-2 请根据习题图 3-2 的零件图尺寸，用"旋转"方式完成零件的三维造型。

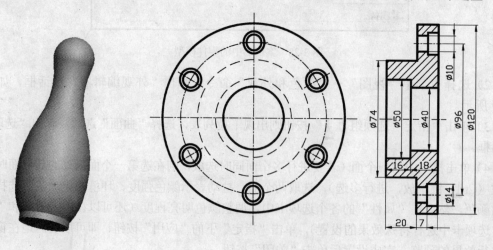

习题图 3-1

习题图 3-2

习题 3-3　请根据饮料瓶的外形平面图，完成三维实体造型。

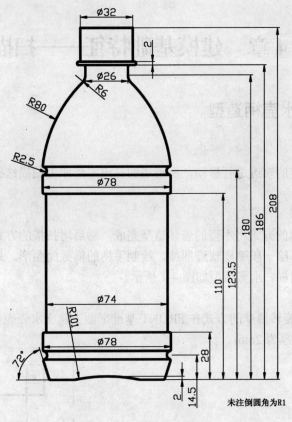

习题图 3-3

习题 3-4　如习题图 3-4 所示为某一零件的三维图，请根据形状及尺寸进行三维实体造型。

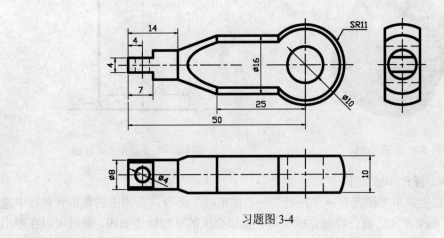

习题图 3-4

第4章　建模基础特征——扫描

4.1　案例1——水壶柄造型

1．案例说明

将二维截面沿指定的轨迹进行移动，所形成的三维图形即为扫描结果。扫描可以创建形状复杂的实体。

2．绘图思路

先用旋转薄壁实体的方式将水壶的壶体造型完成，然后用扫描的方式完成手柄。具体完成手柄时的做法是先草绘一段手柄轨迹曲线，绘制手柄的横截面图形，最后系统将此图形顺着手柄轨迹曲线进行扫描。水壶造型如图4-1所示。

3．操作步骤

1）旋转薄壁：用旋转薄壁的方式在FRONT基准平面上建立水壶壶体，旋转体的截面，如图4-2所示，壶体壁厚为2mm。

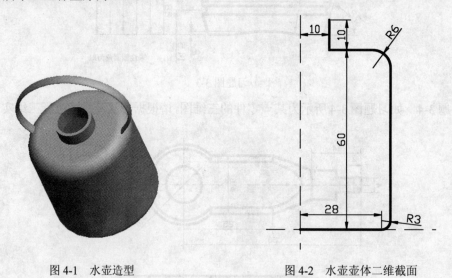

图4-1　水壶造型　　　　　　　　　　　　图4-2　水壶壶体二维截面

2）扫描手柄。操作步骤如下。

第一步：单击主菜单"插入"→"扫描"→"伸出项"命令，在弹出的菜单管理器中选择"草绘轨迹"（如果在此之前已绘制完成了符合扫描要求的草绘轨迹曲线，此时可以在弹出的菜单中选择"选取轨迹"，注意窗口中提示栏中的提示内容）。其他的按系统默认选项选择（在"菜单管理器"中加粗的字体为系统默认的选项，可以按〈Enter〉键进行选择）。此时以FRONT基准平面作为草绘面绘制手柄的轨迹线，如图4-3所示。轨迹线两端点与壶体的上边线采用 约束方式进行约束，完成后单击"确认"按钮。

第二步：系统自动进入截面草绘状态（系统默认座标系此时为褐色，轨迹法向生成的新座标系为黄色。以通过轨迹线法向起点的平面作为草绘截面的绘图平面，绘图截面的中心点就位于手柄轨迹的端点上），绘制一个椭圆作为手柄的截面形状，以此时的草绘中心来确定椭圆的中心位置，椭圆尺寸为 Ry=3 Rx=1，注意图形的方向是否符合要求，可以按下鼠标中键不放拖动椭圆观察自动生成的截面方向与扫描曲线之间的相对位置，再单击"定向草绘平面"按钮 使所绘制的图形与屏幕平行，如图 4-4 所示，单击"确认"按钮 。

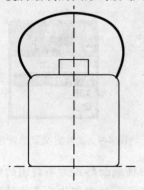

图 4-3 水壶手柄的轨迹线

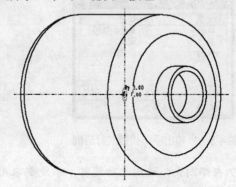

图 4-4 绘制扫描截面

第三步：由于扫描特征的两端要与壶体进行接合，所以系统弹出如图 4-5 所示的"菜单管理器"，若选择"自由端点"方式，则扫描结果如图 4-6 所示（见右边接壤处）；若选择"合并终点"方式，则扫描结果如图 4-7 所示（见右边接壤处）。由此可见此时需要选择的是"合并终点"方式，设置完成后单击菜单中的"完成"命令。

图 4-5 菜单管理器

图 4-6 自由端点方式扫描结果

图 4-7 合并终点方式扫描结果

第四步：在"扫描特征管理"对话框中单击"预览"按钮进行预览。若需要修改，则选择相应选项后，单击"定义"进行重新定义；若不需要修改，则单击"确定"按钮完成造型。

 技术支持

1. 轨迹线端点结合属性

自由端点方式扫描结果：自由端点方式扫描结果是在扫描过程中不考虑扫描后的特征端点两端是否与其他的特征之间存在相交，只是在理论上扫描出此特征作为扫描的结果显示。

合并终点方式扫描结果：合并终点方式扫描结果是在扫描过程中考虑到扫描后的特征端点两端是否与其他的特征之间存在相交。若存在相交的性质，则系统会自动计算将相交的地方进行接壤式处理。

2. 属性菜单（有无内部因素）

在此扫描过程中，若系统检测到所绘制的轨迹是封闭的，则在绘制完成轨迹路线后出现如图 4-8 所示的对话框（在轨迹操作步骤后插入"属性定义"这一步）。在弹出的"菜单管理器"中出现如图 4-9 所示的选择菜单，此时可以选择"增加内部因素"或"无内部因素"。

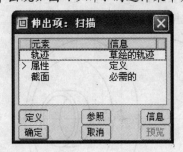

图 4-8 "伸出项：扫描"对话框

图 4-9 属性定义菜单管理器

增加内部因素：选用此功能时，系统要求用户所绘制的扫描截面形式为不封闭的截面。以不封闭的曲线，如图 4-10 所示，在封闭轨迹（如图 4-11a 所示）的内部作为直线填充，如图 4-11b 所示。

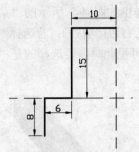

图 4-10 扫描轨迹线

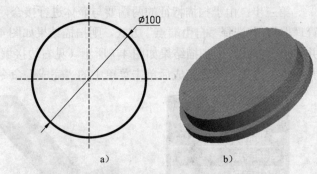

图 4-11 增加内部因素
a）扫描截面 b）扫描效果

无内部因素：选用此功能时，系统要求用户所绘制的扫描截面形式为封闭的截面，如图 4-12 所示。

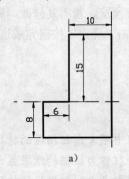

a）

b）

图 4-12 无内部因素
a）扫描截面 b）扫描效果

3．参照操控面板的说明

在"伸出项：扫描"对话框中，如图 4-13 所示，有一参照按钮。选取一元素（例如，轨迹元素）显示参照，如图 4-14 所示，则出现如图 4-15 所示的"菜单管理器"，其中的"下一个"与"前一个"是指轨迹中的图形元素，"信息窗口"则显示该图形元素的信息，如图 4-16 所示。选择"完成/返回"命令可以退出参照方式，此操作对于所绘制的图形没有影响。

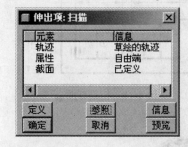

图 4-13　"伸出项：扫描"对话框　　图 4-14　选择"伸出项：扫描"对话框　　图 4-15　显示参照

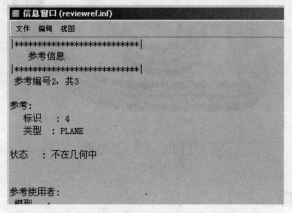

图 4-16　信息窗口

4.2　案例 2——四驱车赛道造型

1．案例说明

进一步掌握扫描特征的操作，理解类似零件的造型方法。

2．绘图思路

先绘制四驱车圆弧加直线形赛道的轨迹线，然后绘制赛道的横截面"E"字形截面，最后系统对此图形进行扫描后生成实体。

3．操作步骤

1）创建新文件。新建设计实体文件。

2）绘制扫描轨迹线。在 TOP 基准平面中绘制如图 4-17 所示的二维轨迹图。

3）绘制截面线。在系统自动生成的坐标中绘制如图 4-18 所示的二维截面图。

4）生成扫描实体。使二维截面图沿着二维轨迹图的轨迹方向进行扫描，扫描后的效果，如图 4-19 所示。

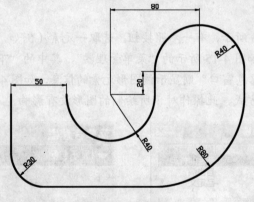

图 4-17 扫描轨迹

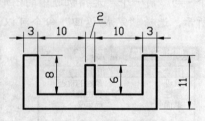

图 4-18 扫描截面

图 4-19 最终完成效果

 技术支持

1．扫描类型的说明

"插入"→"扫描"命令中的下级菜单中有较多的扫描方式，下面对常用的扫描方式作说明：

1）伸出项：以一个封闭的截面沿一扫描路径生成实体的绘图方式。

2）薄板伸出项：以一个截面为基础（封闭或不封闭）沿一扫描路径生成一个有厚度的实体的绘图方式。

3）切口：以一个封闭的截面沿一扫描路径生成切割实体的绘图方式，扫描形式与伸出项扫描形式一致，但生成的区域将与原有的实体进行差集运算。

4）薄板切口：以一个截面为基础（封闭或不封闭）沿一扫描路径生成切割一个有厚度的实体的绘图方式，扫描形式与薄板伸出项的扫描形式一致，但生成的区域将与原有的实体进行差集运算。

2．轨迹线和截面的封闭与不封闭

轨迹线可以分为封闭和不封闭形式。截面除了伸出项与切口绘图形式外，其他项目均无强制要求截面必须是封闭的形式。

4.3　知识进阶

1．修改实体的方法

在"伸出项：扫描"对话框中，如图 4-20 所示。注意黑圈地方的">"符号，此符号所指的地方是正在进行操作的步骤。

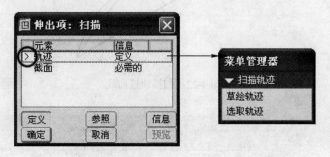

图 4-20　"伸出项：扫描"对话框

若要对造型完成后的扫描特征或是正在绘制中的扫描特征进行修改，可以单击"定义"按钮，选择不同的元素项，然后单击"确定"按钮，重新进入该元素的设置界面，在此界面下可以对元素重新进行修改。

2．简介可变截面扫描的方法

可变截面扫描与扫描实体的方法基本一致（可参考上面的内容结合绘制）。下面通过一个简单的实例来举例说明。

扫描如图 4-21 所示的实体。

图 4-21　可变截面扫描效果

可变截面扫描允许一个截面沿着多条轨迹线进行扫描，允许截面沿轨迹线变化。

第一步：利用草绘中的"曲线"按钮 在不同的基准平面（TOP 基准平面和 FRONT 基准平面）上绘制如图 4-22 所示的 3 条扫描轨迹曲线。它们为独立绘制的 3 条曲线（如果放在同一草绘界面进行扫描轨迹的绘制，则无法独立引导截面进行线形轨迹的扫描），即需要分 3 次绘制这 3 条曲线。

第二步：单击菜单"插入"→"可变剖面扫描"命令，或单击窗口右侧的 按钮，打开"可变剖面扫描"对话框，如图 4-23 所示。在该对话框中，单击"选项"按钮可以设定恒定截面扫描方式或变截面扫描方式。此处为可变剖面扫描。

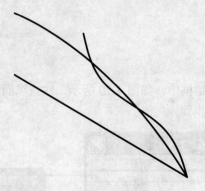

图 4-22　扫描轨迹曲线

图 4-23　"可变剖面扫描"对话框

第三步：打开"可变剖面扫描"对话框后，在对话框下方的提示栏中提示"选取任何数量的链用作扫描的轨迹"。此时单击选择扫描轨迹。如图 4-24 所示，先选择原点轨迹，然后按〈Ctrl〉键依次选择 X-轨迹线和辅助轨迹线。选择扫描轨迹时还应当注意扫描轨迹的方向，尽量在选择轨迹时靠近曲线的未端进行选择（选择未端即为该轨迹的结束端）。选定轨迹线后，"可变剖面扫描"对话框中的"创建或编辑扫描曲面"按钮显示为可用状态。

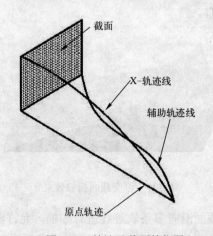

图 4-24　轨迹及截面的位置

第四步：在选取 X-轨迹线和辅助轨迹线后，单击"可变剖面扫描"对话框中的"参照"命令，将"水平/垂直控制"一栏设为"X-轨迹线"。

第五步：进入系统自定的绘图坐标（以第一条选取的轨迹线的起始端点和法向平面作为新坐标系的原点和坐标平面）进行截面的绘制，如图 4-24 所示的截面。图 4-21 所示的是最终完成效果图。

3．扫描曲面的方法

扫描曲面与扫描实体的方法基本一致。下面通过一个简单的实例来举例说明。

扫描鼠标表面曲面步骤：

第一步：创建拉伸特征操作，以 TOP 基准平面拉伸出如图 4-25 所示的截面，拉伸高度为 27mm（或以上）。

第二步：进入系统菜单单击"插入"→"扫描"→"曲面"命令，以 RIGHT 基准平面作为轨迹绘图面绘制如图 4-26 所示的扫描轨迹截面。

在确定扫描轨迹后，系统菜单中会询问所绘制的曲面是"开放终点"还是"封闭端"，此时选择"开放终点"即可。

根据轨迹生成的新坐标系进行如图 4-27 所示的截面绘制。

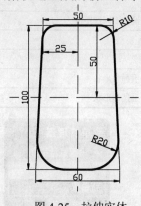
图 4-25 拉伸实体

图 4-26 扫描轨迹截面

图 4-27 扫描截面

第三步：绘制好曲面后，选中曲面（在模型树中选中要进行实体化的曲面），单击"编辑"→"实体化"命令，系统在窗口下方弹出如图 4-28 的"实体化特征操作"对话框。单击"移除面组织的内侧或外侧的材料"按钮◿，如图 4-29 所示。注意观察所保留材料的部分（在保留材料的部分系统会自动在实体上用黄色的附加染色作为标注，非保留材料的部分则在颜色上没有任何变化），若系统所示保留材料部分不是设计所要求的，则单击"更改刀具操作方向"按钮╱，进行曲面两侧要保留材料部分的切换，最终完成效果如图 4-30 所示。

图 4-28 "实体化特征操作"对话框

图 4-29 实体化切除材料

图 4-30 最终绘制完成图

注：若曲面要对一实体的两侧进行切除操作时，此曲面边界必须要全部大于实体的边界。

4．螺旋扫描简介

螺旋扫描，与扫描实体的方法基本一致。下面通过一个简单的实例来举例说明。

绘制一可变螺距的弹簧步骤。

第一步：单击菜单"插入"→"螺旋扫描"→"伸出项"命令，在"菜单管理器"的"属性"选项（"属性"选项中各属性含义见表 4-1）中选择"可变的"，其他选项不进行修改（按默认形式），单击"完成"命令，如图 4-31 所示。

表 4-1　"属性"选项中的各个属性含义

类　型	分　类	说　明
螺距	常数	螺距一定
	可变的	螺距可在轨迹线端点和中间节点处设置不同螺距值
剖面放置形式	穿过轴	草绘剖面围绕螺旋中心线扫描
	轨迹法向	草绘剖面与轨迹线相垂直
旋转方向	左手定则	扫描轨迹的指向绕螺旋中心符合左手握拳形状
	右手定则	扫描轨迹的指向绕螺放中心符合右手握拳形状

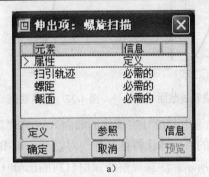  

图 4-31　螺旋设置

a）"伸出项：螺旋扫描"对话框　b）扫描属性定义　c）设置轨迹草绘

以 FRONT 基准平面作为轨迹绘图面绘制如图 4-32 所示的螺旋外形线。在轨迹绘制过程中，可以使用 ✕ 按钮在草绘轨迹上添加节点或用 ⊢ 按钮打断扫描轨迹，从而形成新的端点。

第二步：打开"定义控制曲线"菜单，如图 4-33 所示，改变轨迹中每个节点的螺距值，选好节点后，在窗口的下方出现的输入框按题目要求输入螺距值。系统弹出如图 4-34 所示的"螺距模拟示意图"窗口，以作为定义螺距后进行观察可行性与螺距过渡情况的参考。

第三步：根据轨迹生成的新坐标系（系统默认坐标系此时为褐色，轨迹法向生成的新坐标系为黄色）进行如图 4-35 所示的扫描截面绘制。

弹簧造型完成后效果如图 4-36 所示。

5．螺纹扫描简介

螺纹扫描，与扫描实体的方法基本一致。在以后的绘制当中用户常常会碰到此类螺纹，但一般仅用作单一的效果图表现，不作为装配图的批量插入（绘制的螺纹占用的内存较大）。下面通过一个简单的实例来举例说明。

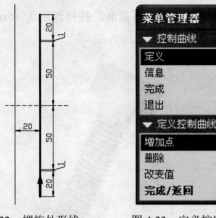

图 4-32　螺旋外形线　　　　图 4-33　定义控制曲线

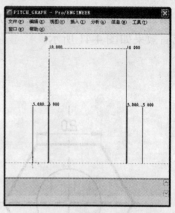

图 4-34　螺距摸拟示意图

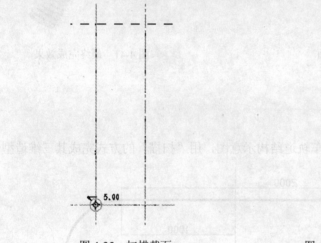

图 4-35　扫描截面

图 4-36　弹簧最终完成效果

绘制一螺钉步骤。

第一步：绘制一个 ϕ20mm×100mm 的圆柱，如图 4-37 所示。

第二步：绘制圆柱上的螺纹。螺纹的螺距类型选择为常数，数值设置为 3，如图 4-38 所示。螺纹扫描结果如图 4-39 所示。

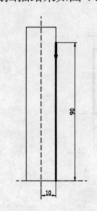

图 4-37　螺纹扫描轨迹线

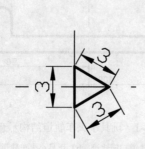

图 4-38　螺纹扫描截面

图 4-39　螺纹扫描结果

第三步：绘制螺帽。在螺柱的顶端绘制如图 4-40 所示的二维截面，拉伸深度为 15mm，完成后效果如图 4-41 所示。

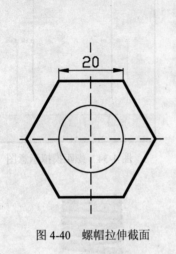

图 4-40　螺帽拉伸截面

图 4-41　最终完成效果

4.4　实训课题

习题 4-1　请根据玩具小火车轨道结构示意图，用"扫描"的方式完成其三维造型。

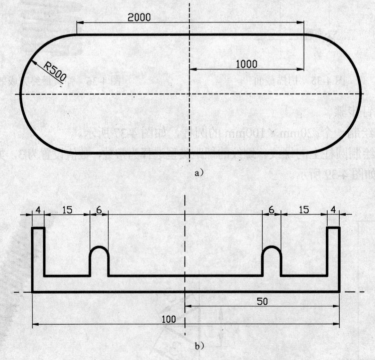

习题图 4-1　玩具小火车轨道结构示意图

a）玩具小火车轨道扫描轨迹　b）玩具小火车轨道扫描截面

习题 4-2 请根据习题图 4-2 所示的"双连环"形状，自定尺寸完成其造型。

习题图 4-2 双连环

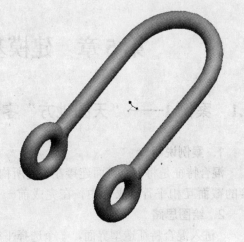

习题图 4-3 吊环

习题 4-3 请根据习题图 4-3 所示的"吊环"形状，运用旋转、扫描和倒圆角功能，自定尺寸完成其零件的造型。

习题图 4-4 螺栓

习题 4-4 请根据图 4-37～图 4-39 及习题图 4-4，完成螺栓的造型。

（提示：在螺栓头和螺栓尾中，应用了旋转切割。）

第5章 建模基础特征——混合

5.1 案例1——"天圆地方"零件造型

1. 案例说明

混合特征是将多个截面连接在一起所构成的特征。本案例属于平行混合,其特点是所连接的截面互相平行。操作中,在完成前一个截面后,切换截面,再完成其他截面的操作。

2. 绘图思路

进入混合特征造型界面,一个选择平行混合特征。在完成平行混合特征的相关设置后,先绘制出"天圆地方"的"方"所需的一个平面图形——正方形,切换截面后,再绘制出"天圆地方"的"圆"所需的另一个平面图形——圆,将圆分割为 4 段,并在圆上设置同正方形端点位置相同的起始点位置,最后输入正方形到圆之间的距离,完成整个零件的造型。

3. 操作步骤

1)创建新文件。创建实体造型文件,选择公制单位。

2)选择混合特征类型。单击菜单"插入"→"混合"→"伸出项"命令,如图 5-1 所示。弹出"菜单管理器",单击"平行"→"规则截面"→"草绘截面"→"完成"命令,如图 5-2 所示。

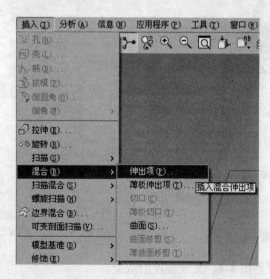

图 5-1 "插入"菜单

图 5-2 "混合选项"菜单

3)绘制截面图,具体操作步骤如下。

第一步:出现如图 5-3 所示的"伸出项:混合"对话框,菜单管理器也发生了相应的变化,单击"属性"中的"光滑"命令后,单击"完成"命令。

第二步:菜单管理器变成如图 5-4 所示的"设置草绘平面"菜单,单击"新设置"→"平面"命令,系统弹出"选取"对话框,用鼠标在绘图工作区单击 TOP 基准平面,如图 5-5 所示,"方向"选择"正向"。

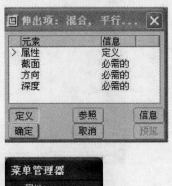

图 5-3 "伸出项:混合"对话框

图 5-4 "设置草绘平面"菜单

第三步:在如图 5-6 所示的"草绘视图"菜单中单击"缺省"命令,系统进入草绘界面。

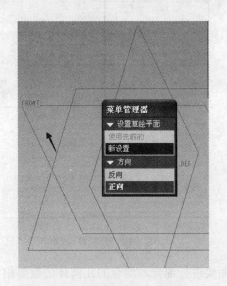

图 5-5 设置绘图平面方向

图 5-6 "草绘视图"菜单

4)生成平行混合特征,具体操作步骤如下。

第一步:在草绘界面中,运用绘图工具绘制如图 5-7 所示的正方形图框,图框边长为 200mm。

注意:正方形截面的左上角有一个箭头,该箭头为混合截面的起始点。

第二步:单击"草绘"→"特征工具"→"切换截面"命令,上一步绘制的正方形框会变成暗线,在新的界面下切换截面,如图 5-8 所示,继续绘制"天圆地方"的"圆"截面。

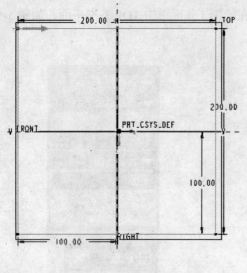

图 5-7 草绘图

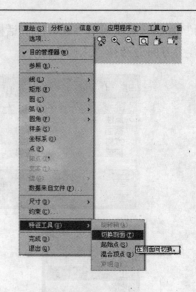

图 5-8 切换截面

第三步：草绘混合造型的第 2 个截面，如图 5-9 所示，设圆的直径为 100mm。

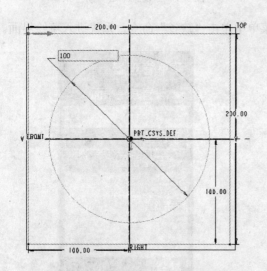

图 5-9 混合造型的第 2 个截面草绘

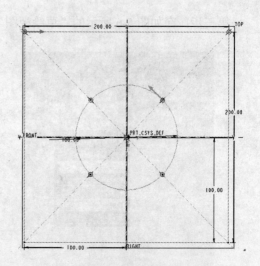

图 5-10 分割草绘圆

第四步：分割圆。由于圆的截面与方形的截面要进行混合，混合的几何体边数要相等，所以将圆分成 4 等份。首先用虚线画 2 条正方形的对角线，然后使用"分割"按钮 选择正方形对角线与圆相交的交点单击，形成 4 个分隔点，如图 5-10 所示。

第五步：确定混合截面的起始点，如图 5-11 所示。带有箭头的点为起始点，但此起始点的位置和第 1 个截面（正方形截面）的箭头位置不同。用鼠标在圆的左上分割点位置单击，使它处于被选中状态（该点变为红色），单击鼠标右键，出现如图 5-11 所示的菜单，单击"起始点"命令改变起始点位置，如图 5-12 所示。

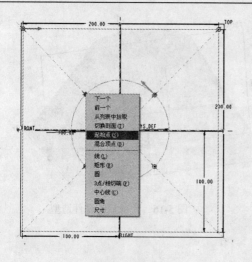

图 5-11　确定混合截面的起始点

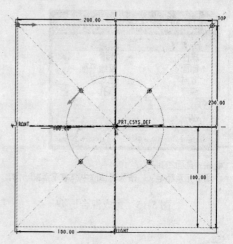

图 5-12　改变起始点位置

第六步：改变起始点的方向。注意，改变圆截面的起始点位置。

起始点箭头方向同正方形截面的起始点方向是相反的，如不改变的话，在造型完成后会发生扭曲。改变起始点的方法如下：在如图 5-12 所示的基础上，单击鼠标右键，出现如图 5-11 所示的菜单，再次单击"起始点"命令，箭头方向发生改变，如图 5-13 所示。然后，单击 ✔ 按钮，系统在窗口左下角弹出如图 5-14 所示的对话框。

第七步：输入正方形截面到圆截面之间的距离，在如图 5-14 所示的文本框中输入 100，作为正方形截面到圆截面之间的距离。然后单击 ✔ 按钮。

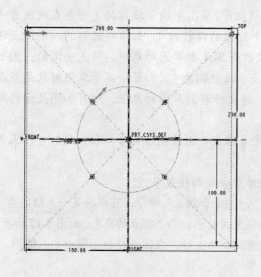

图 5-13　起始点方向的改变

图 5-14　"截面深度"对话框

第八步：完成混合造型，如图 5-15 所示。在完成第七步后，在"伸出项：混合"对话框中，单击"确定"按钮。完成后效果如图 5-16 所示。

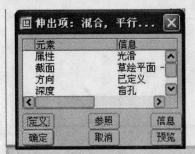

图 5-15　完成混合造型

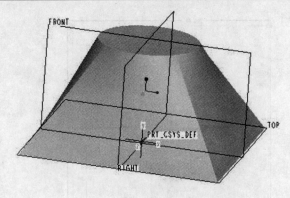

图 5-16　完成后的零件造型

 技术支持

1．截面图绘制中的切换截面

混合特征造型实际上是用一个截面连接一个或多个截面。其草图剖面可能有多个，对于平行类型的混合特征而言，所有的草图剖面都是在同一个草图环境下绘制完成的，当绘制完成一个草图剖面后，单击主菜单"草图"→"特征工具"→"切换剖面"命令，或者在图形区中单击鼠标右键，在弹出的快捷菜单中选择"切换剖面"命令，从而结束当前的草图绘制，开始另外一个草图剖面的绘制工作。在各个草图剖面都绘制完成后，单击草绘工具条中的✔按钮退出草图绘制环境。

2．如何保证各截面的边数相等

在混合特征中各个草图截面的构成段数必须相等，草图中的一段指的是一条直线或者一条圆弧等。例如矩形由 4 条直线构成，因此一个矩形的段数为 4。如果将矩形的一个顶点进行倒圆角，此时的草图变成 5 段。草图中的段数并不是由草图对象中的节点决定的。例如一次绘制完成的样条线，无论其中有多少个节点，段数仍为 1。如果分不清草图对象是否属于一段时，可借助 Pro/E 的"选中加亮"功能，将鼠标移到草图对象上，所有加亮显示的草图对象属于一个分段。

当几个草图的截面段数不一致时，会出现警告信息，无法生成混合特征。这时可以采用两种办法解决。

第一种：采用"分割"命令 将一段草绘对象分成两段或多段。

第二种：单击主菜单"草绘"→"特征工具"→"混合顶点"命令，可以将某一点指定为一条边，从而增加草绘对象的边数，使该点在混合特征生成时承担两个顶点的角色。如图 5-17 所示，是一个三角形同四边形混合的例子，将某点指定为混合顶点后，在该点处会出现一个小圆圈。

3．截面的连接方式

在如图 5-18 的"菜单管理器"中，连接截面有两种方式："直的"和"光滑"命令。

"直的"：截面之间用直线的方式进行连接。

"光滑"：将截面用光滑曲线连接在一起。

截面的连接方式需要在绘制截面前选择，并且连接贯穿所有的截面。

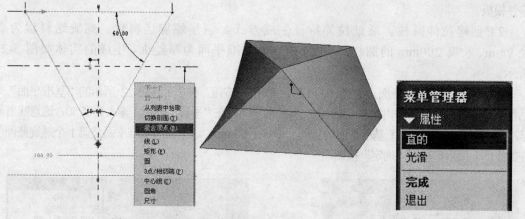

图 5-17　混合顶点的指定例子
图 5-18　截面的连接方式

5.2　案例 2——螺旋送料辊

1．案例说明

本案例采用了一般混合特征对零件进行造型，如图 5-19 和图 5-20 所示。

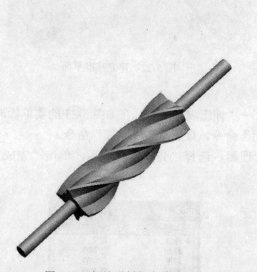

图 5-19　螺旋送料辊实体造型

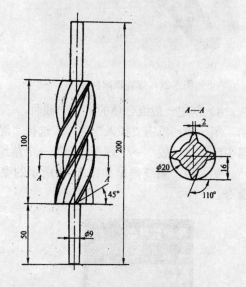

图 5-20　螺旋送料辊零件图

2．绘图思路

以拉伸的方式创建螺旋送料辊的圆柱体，创建一个新的基准平面，目的是以新的基准平面作为混合体的第 1 个截面。选择一般混合体方式进行混合造型，并进行相关设置，运用绘图工具绘制第 1 个截面的图形，并保存，以备再次调用。设置完第 2 个截面同第 1 个截面的轴间旋转角度参数后，调入已保存的第 1 个截面的图形。依次类推共绘制 6 个截面。最后输入各截面之间的距离，完成螺旋送料辊的实体造型。

3．操作步骤

1）建立新文件。文件的类型为实体零件，将不使用默认的模板，而采用"mmns_part_solid"

77

零件模板。

2）创建拉伸圆柱。通过拉伸特征生成方式，创建螺旋送料辊。螺旋送料辊为直径 9mm、长度 200mm 的圆柱体。以 FRONT 基准平面为草绘面，生成的实体如图 5-21 所示。

3）建立新的基准平面。在绘图的工作区单击 ⌀ 按钮，弹出如图 5-22 所示的"基准平面"对话框。单击 FRONT 基准平面，出现黄色的新基准平面，在"平移"框中，输入数字 50，这意味着新基准平面在平行于 FRONT 基准平面的基础上平移了 50mm。这个新的基准平面是第 1 个螺旋截面所在的平面。最后，单击"确定"按钮。

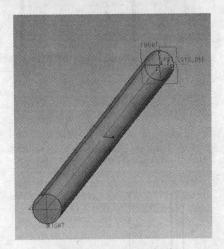

图 5-21 螺旋辊圆柱体

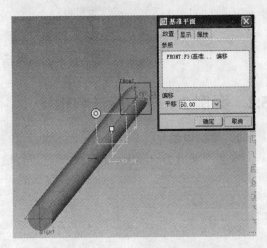

图 5-22 建立基准平面

4）创建一般混合体的第 1 个截面。

第一步：单击"插入"菜单，选择"混合"→"伸出项"命令，在如图 5-23 的菜单管理器中单击"一般"→"规则截面"→"草绘截面"命令，最后单击"完成"命令。

第二步：系统弹出如图 5-24 所示的菜单管理器，选择"光滑"命令后，单击"完成"命令。

图 5-23 混合选项的菜单管理器

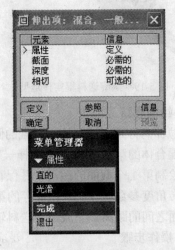

图 5-24 混合属性的菜单管理器

第三步：系统弹出如图 5-25 所示的草绘平面设置选项，系统默认为"平面"，在圆柱体的 DTM1 面上单击，出现如图 5-26 所示的菜单管理器，单击"正向"命令。随后出现如图 5-27 所示"草绘视图"菜单，单击"缺省"命令。弹出如图 5-28 草绘截面的工作区。

图 5-25　设置草绘平面

图 5-26　设置草绘平面方向

图 5-27　"草绘视图"菜单

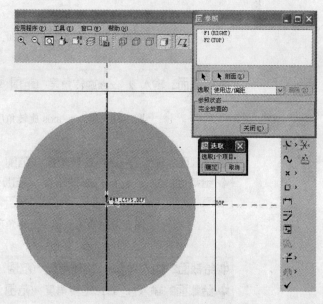

图 5-28　草绘截面的工作区

第四步：运用绘图工具绘制第 1 个截面的图形，如图 5-29 所示。绘制截面图时应注意，必须在圆心绘制出相对坐标系，并注意起始点的位置和方向。

第五步：单击"文件"菜单中的"保存"命令，将第 1 个截面的图形以草绘的格式保存，以备在绘制第 2 个截面时调用。

5）绘制第 2 个截面，具体操作步骤如下。

第一步：当第 1 个截面完成后，单击 ✔ 按钮，系统出现如图 5-30 所示的对话框，在文本框中输入截面 2 相对于 x_axis 旋转角度，输入角度 0°，单击 ✔ 按钮。随后，系统会出现如图 5-31 和 5-32 所示的对话框，要求输入截面 2 相对于 y_axis 和 z_axis 旋转角度，在文本框中按如图 5-32 所示输入数值。

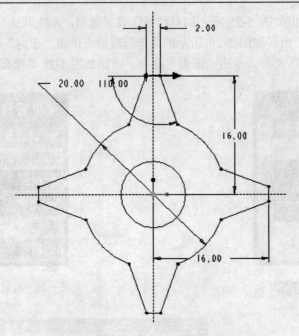

图 5-29 螺旋送料辊截面

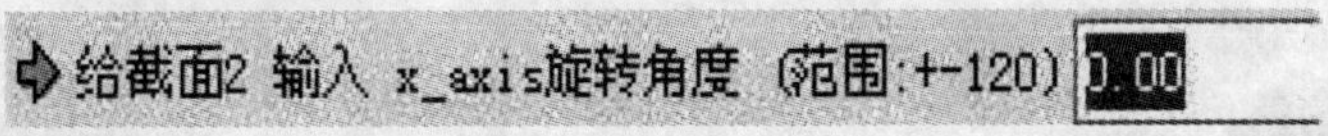

⟐ 给截面2 输入 x_axis旋转角度 (范围:+-120) 0.00

图 5-30 输入 x_axis 旋转角度

⟐ 给截面2 输入 x_axis旋转角度 (范围:+-120) 0.00
⟐ 给截面2 输入 y_axis旋转角度 (范围:+-120) 0.00

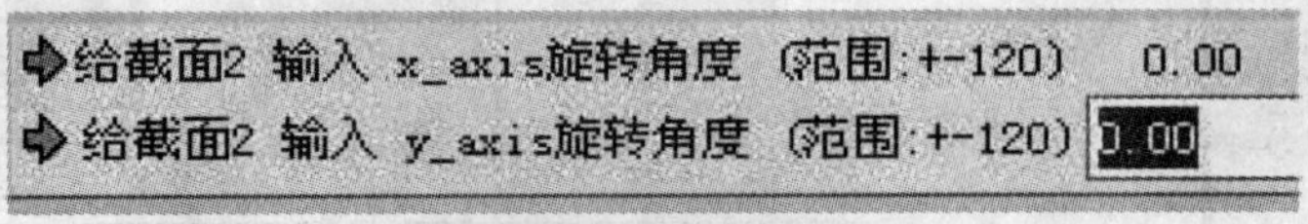

图 5-31 输入 y_axis 旋转角度

⟐ 给截面2 输入 y_axis旋转角度 (范围:+-120) 0.00
⟐ 给截面2 输入 z_axis旋转角度 (范围:+-120) 45

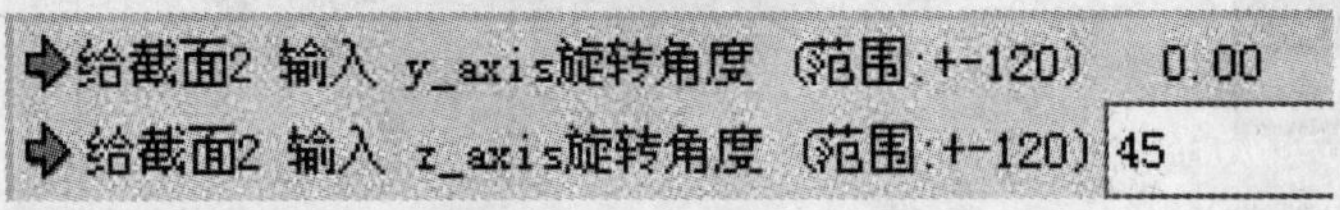

图 5-32 输入 z_axis 旋转角度

第二步：上述角度设置完成后，系统会询问是否继续下一截面，单击 ✔ 按钮。

第三步：系统进入第 2 个截面的绘制界面。调入绘制第 1 个截面时所保存的草绘图来绘制第 2 个截面。单击"草绘"菜单，单击"数据来自文件"命令，如图 5-33 所示。系统弹出如图 5-34 所示的"打开"窗口，在图中选中刚才保存的草绘文件，然后单击"打开"命令。文件打开后，图形以红色显示在窗口中，并弹出"缩放旋转"对话框，如图 5-35 所示。单击第 1 个截面图的"图形中心"按钮⊕，拖动到圆柱体的"几何中心" PRT_CSYS_DEF，再次单击鼠标左键放置。

图 5-33　"草绘"菜单　　　　　　　　　　　　　图 5-34　"打开"窗口

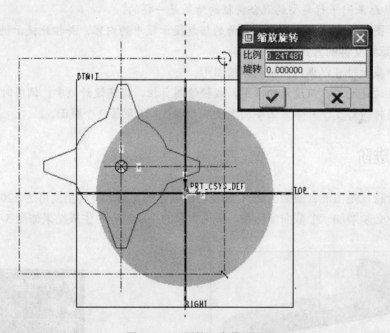

图 5-35　调用第 1 个截面图形

第四步：在"缩放旋转"对话框中输入比例为 1，旋转角为 0°，单击 ✔ 按钮结束。这样就通过调用第 1 个截面的图样完成了第 2 个截面的绘制。

第五步：在界面的右下角单击"确认"按钮 ✔。

6）绘制第 3～第 6 个截面。重复步骤 5）的操作。注意系统左下角的信息提示，例如，"是否继续下一个截面？"。根据截面序号的提示，在截面 3～截面 6 的绘制中，应单击"yes"。

调入第 1 个截面的图样，并输入正确的比例和旋转角，完成从第 3～第 6 个截面的绘制。

7）输入各截面间距值，具体操作步骤如下。

第一步：在步骤 6）完成后，系统提示输入各截面之间的距离，本例中输入的各截面间距值为 20mm。

第二步：在"混合管理"对话框中，单击"OK"按钮完成螺旋送料辊的实体造型，完成效果如图 5-19 所示。

 ## 技术支持

1. 一般混合方式的特点和技巧

绘制草绘截面时必须考虑在哪一个平面中绘制图形，如果没有确定的平面，必须进行创建，并确定草图的绘制方向。

一般混合特征造型过程中，各个草绘剖面在各自的草绘环境下绘制，但在每个草绘剖面中都需要绘制一个坐标系，从而确定各个草绘剖面之间的空间关系。各个草绘剖面的坐标系位置不一定重合（本例是重合的）。

如果在一般混合造型中，所输入的 x_axis 旋转角度、y_axis 旋转角度和 z_axis 旋转角度均为 0°，则其结果同平行类型的混合特征的结果是一样的。

在绘制草图过程中应注意查看左下角的信息提示框中的内容，并按此提示进行操作。

2. 调用草绘文件的方式

绘制草绘截面时可以调用以前的草绘图形。

调用的目的是利用以前设计的草图，减轻绘图负担，提高设计效率。调用时可以改变原图的比例和旋转的角度。具体方法参阅案例 2 步骤 5）绘制第 2 个截面。

5.3　知识进阶

旋转混合特征是由混合截面围绕 Y 轴旋转而创建的，最大旋转角度可达 120°。在截面的绘制过程中必须增加一个截面坐标系，参见弹簧的生成过程，生成结果如图 5-36 所示。

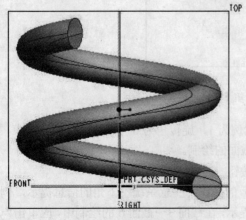

图 5-36　弹簧造型

图 5-37　"属性"菜单

1）新建实体设计零件。

2）在"插入"菜单中单击"混合"→"伸出项"命令，并在"混合选项"菜单中，单击"旋转"→"规则截面"→"草绘截面"→"完成"命令。

3）系统弹出如图 5-37 所示的"属性"菜单，单击"光滑"→"开放"→"完成"命令。

4）选择 TOP 基准平面作为草绘平面，进入草绘界面。单击 按钮绘制坐标系，然后绘制弹簧的截面形状——圆，尺寸如图 5-38 所示。单击 ✔ 按钮完成第 1 个截面图的绘制。

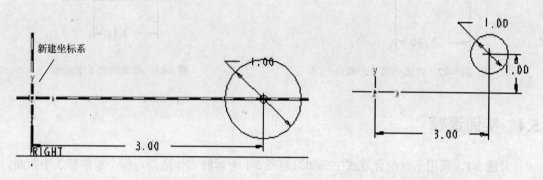

图 5-38　弹簧的第 1 个截面　　　　　　　图 5-39　弹簧的第 2 个截面

5）在文本框中 **为截面2 输入 y_axis 旋转角 (范围: 0 - 120) | 120** 输入 120，单击 ✔ 按钮完成设置。

6）绘制第 2～第 6 个截面图，如图 5-39～图 5-43 所示。但在绘制过程中要分别在第 2、第 3、第 4、第 5、第 6 截面绘制前，输入各截面相对于 y_axis 的角度 120°。仔细看弹簧的 6 个截面的图，会发现弹簧的截面直径都是 1，截面中心距坐标系 X 轴的距离都为 3，但距 Y 轴的距离依次递增 1，分别为 0、1、2、3、4、5。

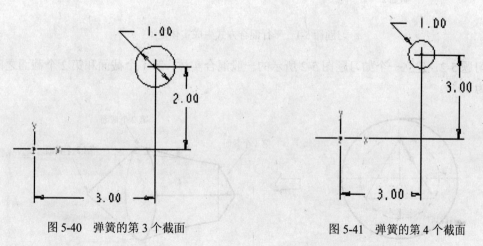

图 5-40　弹簧的第 3 个截面　　　　　　　图 5-41　弹簧的第 4 个截面

7）6 个截面绘制完成后，单击"伸出项：旋转"对话框中的"确定"按钮完成弹簧的造型。

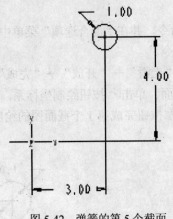

图 5-42 弹簧的第 5 个截面

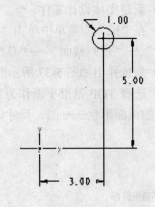

图 5-43 弹簧的第 6 个截面

5.4 实训课题

习题 5-1. 采用平行混合方式生成如习题图 5-1 所示的实体造型，每个零件有 3 个截面，截面之间的距离可以自定。

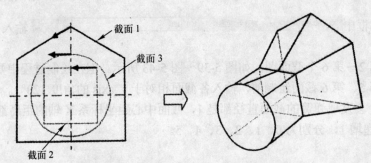

习题图 5-1 平行混合方式生成实体造型

习题 5-2. 建立一个如习题图 5-2 所示的一般混合实体，第 1 个截面和第 2 个截面之间的夹角为 90°。

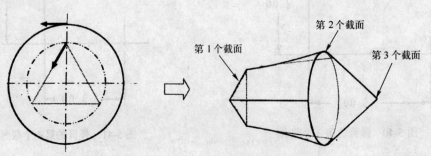

习题图 5-2 一般混合实体

习题 5-3. 下面几个实体在造型中都需要对截面进行截断，请根据尺寸进行造型，两个截面之间的距离为 20。

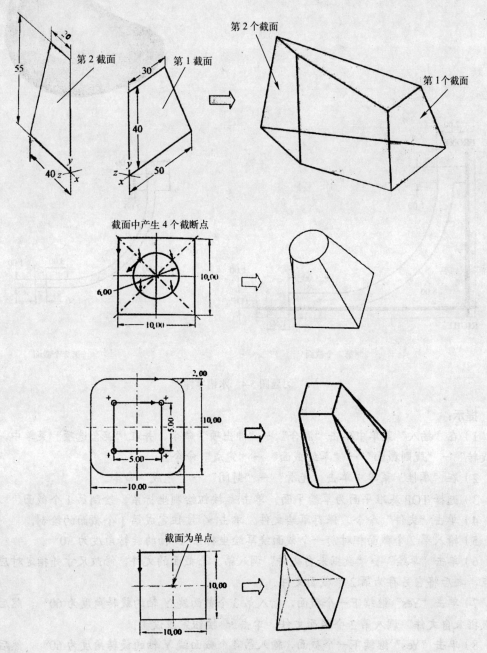

习题图 5-3　截面有截断点及单点截面

习题 5-4. 利用旋转混合建立如习题图 5-4 所示的水槽零件。

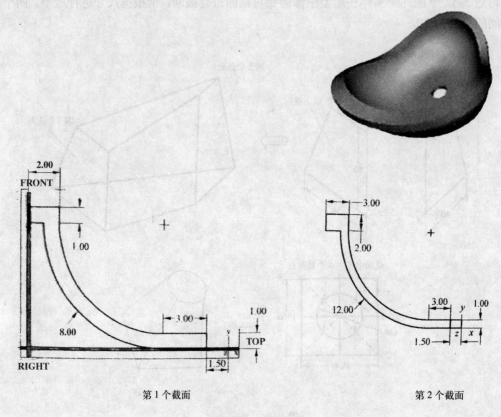

第 1 个截面　　　　　　　　　　　　第 2 个截面

习题图 5-4　水槽零件

提示：

1）在"插入"菜单中单击"混合"→"伸出项"命令，并在"混合选项"菜单中，单击"旋转"→"规则截面"→"草绘截面"→"完成"命令。

2）在"属性"菜单中单击"光滑"→"封闭"→"完成"命令。

3）选择 TOP 基准平面为草绘平面。单击 ↳ 按钮绘制坐标系，绘制第 1 个截面。

4）单击"文件"命令，保存草绘文件。单击 ✔ 按钮完成第 1 个截面的绘制。

5）输入第 2 个截面相对前一个截面绕草绘坐标系 Y 轴的旋转角度为 30°。

6）单击"草绘"→"数据来自文件"调入第 1 个截面的文件，修改尺寸并指定对应的起始点，之后将它另存为第 2 个截面文件。

7）单击"Yes"继续下一个截面，输入第 3 个截面绕 Y 轴的旋转角度为 60°，然后单击"数据来自文件"调入第 2 个截面文件，单击 ✔ 按钮完成设置。

8）单击"Yes"继续下一个截面，输入第 4 个截面绕 Y 轴的旋转角度为 60°，然后单击"数据来自文件"调入第 2 个截面文件，单击 ✔ 按钮完成设置。

9）单击"Yes"继续下一个截面，输入第 5 个截面绕 Y 轴的旋转角度为 30°，然后单击"数据来自文件"调入第 1 个截面文件，单击 ✔ 按钮完成设置。

10）单击"Yes"继续下一个截面，输入第 6 个截面绕 Y 轴的旋转角度为 60°，然后单击"数据来自文件"调入第 1 个截面文件，单击 ✔ 按钮完成设置。

11）单击 "No" 命令，结束截面的定义，单击 ✔ 按钮完成设置。

习题 5-5. 通过所学的知识，试做习题图 5-5 所示的方向盘零件造型。

习题图 5-5　方向盘零件

第6章 放置实体特征

6.1 案例1——在实体上造型孔

1．案例说明

孔是模型上最常见的结构之一，在机械零件中有着广泛的应用。Pro／E 软件可以创建多种类型的孔，包括简单孔、草绘孔和标准孔等，如图 6-1 所示。

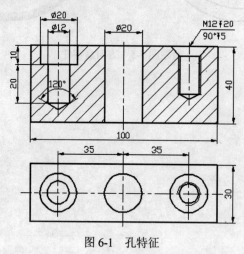

图 6-1 孔特征

2．绘图思路

先用拉伸的方法创建一个零件的基体，然后利用工具栏中的"孔"按钮，在零件中间创建直通孔，在确定好孔的定位尺寸后，系统会自动创建直通孔。在创建草绘孔时，先要绘制出一条中心线和一个草绘孔截面图，在设置好放置参照后，系统会自动创建草绘孔。最后创建标准孔，选择标准孔的不同类型，并确定它的定位参数，系统会自动生成标准孔。

3．操作步骤

1）创建新文件。方法如前。

2）拉伸实体。运用第 2 章介绍的方法，创建拉伸实体。选择 TOP 基准平面作为草绘平面，截面尺寸如图 6-2 所示，拉伸深度为 40mm。

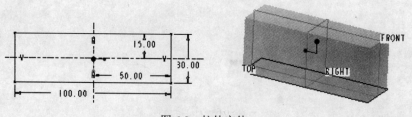

图 6-2 拉伸实体

3）创建零件中间的直通孔。

单击工作区右边工具栏上的"孔"按钮 $\top$，或单击主菜单"插入"→"孔"命令，系统弹出"孔设计"工具栏，如图 6-3 所示。

图 6-3　"孔设计"工具栏

在默认情况下，系统自动选取 $\sqcup$ 按钮，该按钮用于设计直孔和草绘孔。同时在第一个菜单中单击"简单"命令，表示当前可以使用直孔工具进行设计。在旁边的直径文本框中输入 20，在孔深度文本框中输入 40。以上两个值为直通孔的定形尺寸。

下面确定孔的定位尺寸。

在如图 6-3 所示的"孔设计"工具栏中，单击"放置"按钮 $\top$，系统弹出如图 6-4 所示的"定位参数"对话框。

图 6-4　"定位参数"对话框

首先确定"主参照"处于激活状态（黄色为激活状态）。在图 6-4 中，选取实体的上表面作为主参照，选取"线性"放置类型。然后单击激活"次参照"文本框，选取实体前表面作为第 1 个次参照。在文本框中选用"偏移"方式，并指定孔轴线到指定表面的距离为"-15"。按住〈Ctrl〉键的同时，选取实体的右侧面做为第 2 个次参照，同样选用"偏移"方式，并指定孔的轴线到指定表面的距离为"-50"。设置好放置参数后，单击面板右侧的 $\checkmark$ 按钮，零件中间的直通孔就创建好了，如图 6-5 所示。

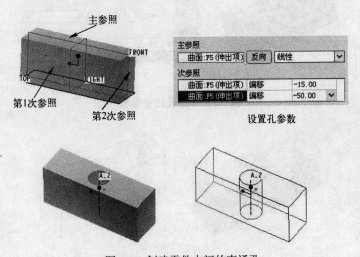

图 6-5　创建零件中间的直通孔

4）创建草绘孔。

在如图 6-3 所示的孔设计面板中，单击 ⊔ 按钮，在创建草绘孔时的工具栏的第 1 个下拉菜单中单击"草绘"命令，创建草绘孔，如图 6-6 所示为创建草绘孔时的工具栏。

图 6-6　创建草绘孔时的工具栏

第一步：创建草绘孔截面。在如图 6-6 所示的设计面板中单击 ▦ 按钮，打开二维草绘界面，在该界面中使用"草绘"工具绘制孔的截面图。首先绘制孔的回转轴线（中心线），放置孔特征时，该回转轴线与主参照垂直（主参照为平面时）或平行（主参照为轴线时）。草绘孔的截面图，如图 6-7 所示。

第二步：设置放置参照。孔的形状和大小在草绘时已经决定，因此只需要设置孔的定位尺寸即可创建草绘孔。单击"放置"按钮，回到如图 6-4 所示的"定位参数"对话框中，选取实体上表面作为主参照，选取"径向"放置类型，如图 6-8 所示。单击激活"次参照"文本框，选取直孔轴线作为第 1 个次参照。在右侧的文本框中，指定回转半径为 35mm。新建孔特征的轴线位于以次参照轴线为中心，以该参数为半径的圆周上。按住〈Ctrl〉键，同时选取实体的对称面（即 FRONT 基准平面）做为第 2 个次参照，然后在右侧的文本框中输入角度数值为 0°。单击面板右侧的 ✔ 按钮，这样零件左侧的草绘孔就创建好了，效果如图 6-9 所示。

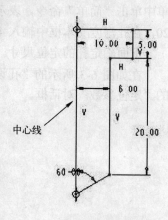

图 6-7　孔截面

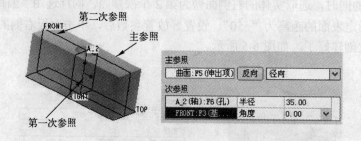

图 6-8　草绘孔设置参数

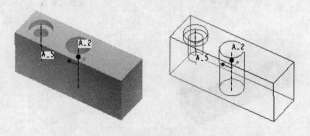

图 6-9　创建草绘孔

5）创建标准孔。在如图 6-3 所示的孔设计面板中，单击 按钮后，弹出创建标准孔时的工具栏，如图 6-10 所示，这时可以使用工具栏上的设计工具创建标准螺纹孔。

图 6-10　创建标准孔时的工具栏

第一步：确定标准孔的螺纹类型。在"标准螺纹孔参数"工具栏的第 1 个文本框中设置不同的螺纹类型。选择"ISO"标准螺纹，我国通用的标准螺纹。

第二步：确定螺纹尺寸。在第 2 个文本框中选取或输入与螺纹孔配合的螺钉大小。例如，M12×1.75，表示外径为 12mm、螺距为 1.75mm 的标准螺钉。

第三步：设置螺纹孔的深度。设置螺纹孔的深度为 25mm，如图 6-11 所示。

图 6-11　"标准螺纹孔参数"工具栏

第四步：创建装饰螺纹孔。在"标准螺纹孔参数"工具栏右侧有 3 个用于在螺纹孔上增加装饰特性的按钮。"增加埋头孔"、"增加沉孔"和"攻丝加工"按钮，用这 3 个按钮可进一步装饰螺纹，如本例的"增加埋头孔"。单击"形状"按钮，系统弹出螺纹形状设计面板，如图 6-12 所示。

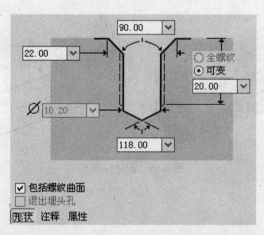

图 6-12　螺纹形状设计面板

第五步：确定螺纹孔的定位参数。标准螺纹孔的定位可以用步骤 3）和步骤 4）所确定的定位方法之一，也可以先创建基准轴，再使用"同轴"定位。创建基准轴方法如下：

单击绘图工作区右边工具栏的"创建基准轴"按钮 ，系统弹出"基准轴"对话框，如图 6-13 所示。选取矩形的上表面为法向参照。偏移参照为上表面上的两条边。偏移量均为 15mm。单击鼠标中键创建基准轴，如图 6-14 所示的基准轴 (A_6)。

在"定位参数"对话框中，单击"放置"按钮，如图 6-15 所示，仍然选取实体的上表面作为主参照，选取"同轴"放置类型。单击激活"次参照"文本框，选取基准轴(A_6)作为次参照。单击如图 6-10 所示面板右侧的 ✔ 按钮，零件右侧的标准螺纹孔就创建好了，创建好的标准孔如图 6-16 所示。

图 6-13　"基准轴"对话框

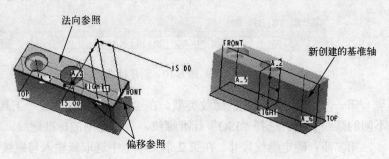

图 6-14　基准轴(A_6)

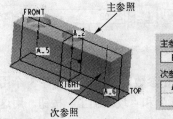

图 6-15　螺纹孔定位参数

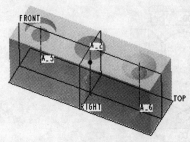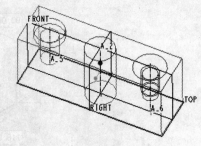

图 6-16　创建标准孔

 技术支持

1. 创建孔的类型

孔的类型有 3 种：简单孔、草绘孔和标准孔。

简单孔：以直孔形状和可选择的拉伸深度，在放置平面上形成孔特征。

草绘孔：通过草绘确定孔的截面，从而创建孔特征。

标准孔：根据所选择的标准代号来定义不同类型的螺纹孔。

2. 确定直孔的定形参数

直孔的直径：在面板的第 2 个文本框中直接输入圆孔的直径数值。该文本框同时也是一个下拉列表框，可以如图 6-3 所示从最近设计使用的直径数值中选取数值。

直孔的深度：与设置基础实体特征的深度类似，设置孔的深度也可以采用两种方式：一是直接输入孔的深度数值；二是采用参照来确定孔的深度，孔延伸到指定参照为止。

　　确定孔特征的深度时，可以使用以下一组工具按钮，见表 6-1。

表 6-1　孔特征深度按钮及用法

图　标	名　　称	用　　法
⛆	盲孔	设置孔的单侧深度，在右侧的文本框内输入孔的深度，还可以从下拉列表中选取最近设计使用的深度值。设置好该深度之后，孔特征将在放置平面的指定侧延伸至指定深度
⛆	对称孔	设置孔的双侧深度。与单侧深度不同，设置好该深度之后，孔特征将在放置平面的两侧各延伸指定深度值的一半
⛆	到下一个	孔特征延伸至特征生成方向上的下一个曲面
⛆	穿透	创建通孔，孔特征穿透特征生成方向上的所有实体材料
⛆	穿至	孔特征延伸至特征生成方向上的指定曲面
⛆	到参照	孔特征延伸至指定的参照点、参照平面或参照曲面

3．确定孔的不同放置方式

　　在放置孔特征之前，首先确定主参照，主参照一般选取模型上的平面或者回转体的轴线。如果选取平面作为主参照，则新建孔特征的轴线与该平面垂直；如果选取回转体的轴线作为主参照，则新建孔特征的轴线和主参照平行。在"孔的定位参数"对话框的"主参照"文本框被激活的情况下（黄色背景），在基础实体特征上单击选取孔的主参照。

　　指定了主参照后，孔有 4 种不同的放置方式，如图 6-17 所示。4 种不同的放置方式见表 6-2。

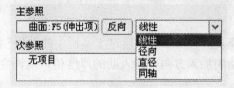

图 6-17　"孔定位参数"对话框

表 6-2　孔的 4 种不同放置方式用法

名　称	作　　用
线性	选定两个参照和两个线性尺寸来决定孔在主参照平面内的位置，其中线性尺寸表示孔轴线到 2 个选定参照的距离。该选项仅当选取平面作为主参照时可用
径向	指定一个线性尺寸和一个角度尺寸来确定孔的放置位置
直径	指定一个线性尺寸和一个角度尺寸来确定孔的放置位置
同轴	创建和选定与参考轴同轴的圆孔

　　说明：1）"直径"放置类型的使用方法和"径向"类似，只是在确定第 1 个次参照时使用直径数值，而非半径数值。

　　2）"孔定位参数"对话框中的 反向 按钮用于改变孔的生成方向，如图 6-18 所示。

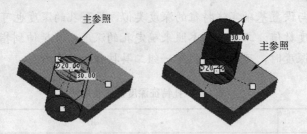

图 6-18 "反向"按钮的作用

6.2 案例 2——肋特征

1．案例说明

肋特征经常用于加强零件结构的强度。肋在造型过程中，需要设定肋的空间位置、截面形状和肋的厚度。创建如图 6-19 所示的肋结构。

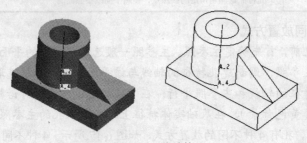

图 6-19 肋结构

2．绘图思路

用拉伸的方式创建底座及圆柱形和孔，通过工具栏中的"肋"按钮进入创建肋板的界面。先草绘肋的截面图，设置肋的加入方向并输入肋的厚度值，从而完成肋特征的创建。

3．操作步骤

1）建立基础模型。方法如前。模型尺寸如图 6-20 所示。

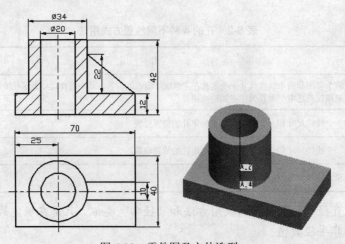

图 6-20 零件图及立体造型

2）打开肋的操作对话框。单击绘图工作区右边工具栏中的"肋"按钮 ，或单击菜单"插入"→"肋"命令，系统弹出"肋设计"工具栏，如图 6-21 所示。

图 6-21　"肋设计"工具栏

3）草绘肋的截面图。单击 按钮进入二维草绘模式绘制肋剖面。选择肋的对称中心面 FRONT 基准面作为草绘平面，如图 6-22 所示。单击"剖面"对话框中的"草绘"按钮，系统会出现图 2-7 所示的对话框，需要进入"参照"选择，可以选取圆柱形的外轮廓、底座的上表面和底座的最右边。

肋的草绘截面，是一条斜线，用画直线命令画出该斜线，如图 6-23 所示，按要求修改尺寸，完成肋的截面图。

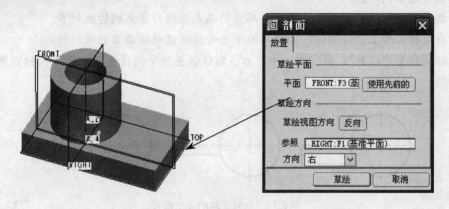

图 6-22　肋的草绘平面

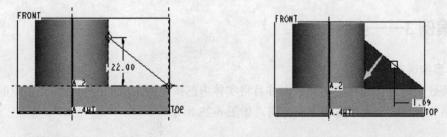

图 6-23　肋的草绘截面　　　　　　　　图 6-24　设置肋的加入方向

4）设置肋的加入方向。用鼠标选择肋所在的方向。箭头指向如箭头所示，如图 6-24 所示。

5）输入肋的厚度。厚度值为 10，如图 6-25 所示。

图 6-25　输入肋的厚度

6）完成肋特征的创建。单击 按钮预览肋特征，单击 按钮结束肋特征的创建。

技术支持

1. 肋的操控说明

肋特征的创建过程比较简单，所以"肋设计"工具栏也比较简单。在"肋设计"工具栏上单击"参照"按钮，系统弹出如图 6-26 所示"肋参照"对话框，在该对话框中，既可以选取草绘基准曲线作为肋截面，也可以单击 ☑ 按钮进入二维草绘模式绘制肋截面，通常使用后者更多。

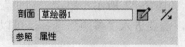

图 6-26 "参照"对话框

2. 需要注意的问题

1）肋截面通常要求使用开放截面，而且两端点应该与实体的边线对齐。

2）在旋转曲面上创建肋时，肋的草绘平面必须通过旋转曲面的旋转轴。

3）肋的位置可以有 3 种：左、中、右。默认位置为中间位置。可用 ✗ 按钮调整，如图 6-27 所示。

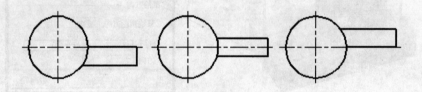

图 6-27 肋放置时的 3 个位置

6.3 案例 3——壳特征

1. 案例说明

壳特征是通过移除指定实体表面并且将实体内部掏空而形成的薄壳。需要指定的壳特征参数包括一个平面，壳厚度和厚度方向，如图 6-28 所示。

图 6-28 壳特征

2. 绘图思路

用拉伸或旋转方式先创建一个壳的基体，单击"壳工具"按钮，进入"壳操控"工具栏。

在实体上选择要移除的表面，设定壳的厚度，系统将生成相应的壳体。

3．操作步骤

1）创建新文件。方法如前。

2）通过旋转特征创建缸体。使用第 3 章介绍的方法，创建旋转实体。选择 RIGHT 基准平面作为草绘平面，截面尺寸如图 6-29 所示。

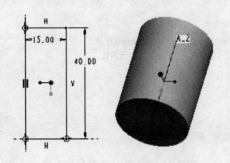

图 6-29 创建缸体

3）单击"壳工具"按钮，打开"壳操控"工具栏，如图 6-30 所示。

图 6-30 "壳操控"工具栏

4）选择实体上需要移除的表面。用鼠标单击要移除的表面。如果需要选取多个实体表面作为移除表面，则应该按住〈Ctrl〉键的同时对需要移除的表面进行选取，如图 6-31 所示。

5）设定壳的厚度。

在"壳操控"工具栏的"厚度" 文本框输入"3"，或者双击图形上的尺寸数值进行更改，如图 6-32 所示。这样整个模型就厚度均匀了，均为 3mm。

6）生成壳体。

单击 按钮预览壳特征，单击 按钮结束壳体设计，效果如图 6-33 所示。

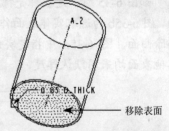

图 6-31 选取需要移除的表面

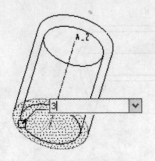

图 6-32 设定壳的厚度

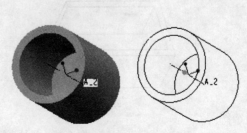

图 6-33 生成壳体

技术支持

1. "壳特征放置参数"窗口

单击如图 6-30 所示的"壳操控"工具栏上的"参照"按钮，系统打开如图 6-34 所示的"壳特征放置参数"窗口。

图 6-34 "壳特征放置参数"窗口

在该参数窗口中包含两项参数设置。

"移除的曲面"：用来选取创建壳特征时在实体上删除的曲面。如果未选取任何曲面，则会将零件的内部掏空创建一个封闭壳，而且空心部分没有入口。激活该列表框后，可以在实体表面选取一个或多个需要移除的曲面，如果需要选取多个实体表面作为移除曲面，则应该按住〈Ctrl〉键选取。

"非缺省厚度"：用于选取要为壳指定不同厚度的曲面，然后分别为这些曲面单独指定厚度值。其他曲面将统一使用默认厚度。

如图 6-35 所示是各种壳特征示例，其中图 6-35a 为封闭壳，在实体特征上未选择移除曲面，图 6-35b 为选取实体表面作为移除曲面创建的壳特征；图 6-35c 中指定 2 个实体表面作为移除曲面，图 6-35d 中指定实体表面作为"非缺省厚度"表面，并为该表面单独设置厚度，其他表面均采用默认厚度。

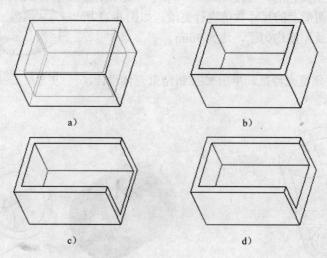

图 6-35 各种壳特征示例

2．设定壳厚度的说明

系统默认的建立壳的厚度是指实体的内侧，也可以将厚度设为外侧。单击文本框旁边的"反向"按钮 ⅛，可以反向创建壳的侧，也就是将壳的厚度加在实体的最外侧。也可以在"壳操控"工具栏上的"厚度"文本框中为壳特征输入负值。

6.4　知识进阶

放置实体特征综合实例（中等复杂法兰盘造型）。

以如图 6-36 所示的法兰盘为例，对放置实体特征做一个综合的复习。

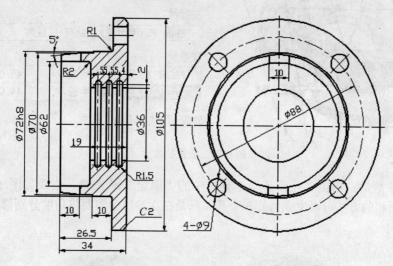

图 6-36　法兰盘零件图

具体操作步骤如下：

1）分析零件。此法兰盘主要以回转特征为主，需要进行减圆孔、方孔，以及倒角、倒圆角和拨模等放置特征处理。

2）创建新文件。方法如前。

3）通过旋转创建法兰盘主体。使用第 3 章介绍的方法，创建如图 6-37 所示的旋转实体。选择 FRONT 基准平面作为草绘平面，截面尺寸如下。

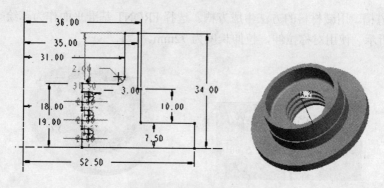

图 6-37　创建法兰盘主体

4）减去 4 个圆孔。

减去 4 个圆孔的方法很多，可以用减材料的方法，也可以用孔放置的方法，也可以先放置一个孔，再做阵列。为了复习本章的内容，就用放置的方法减去孔。

单击工具栏中的"孔"按钮，或单击菜单"插入"→"孔"命令，系统弹出"孔设计"工具栏。使用简单直孔，放置类型选"径向"，如图 6-38 所示。

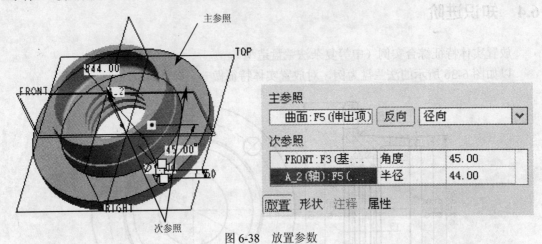

图 6-38　放置参数

设置好参数后，单击"孔设计"工具栏中的"确定"按钮，生成如图 6-39 所示的一个孔。用同相的方法可以生成另外 3 个孔。只是在次参照中需要将角度分别修改为 135°、225° 和 315°。

图 6-39　放置的第 1 个孔及创建其余孔

5）切去方槽。用减材料的方法生成方槽。选择 FRONT 基准平面作为草绘平面，方槽截面如图 6-40 所示。使用对称拉伸，拉伸长度为 72mm。

图 6-40　方槽截面及所切的方槽

6）倒角。单击工具栏中的“倒角”按钮，或单击菜单“插入”→“倒角”→“边倒角”命令，系统弹出“倒角设计”工具栏，如图 6-41 所示。

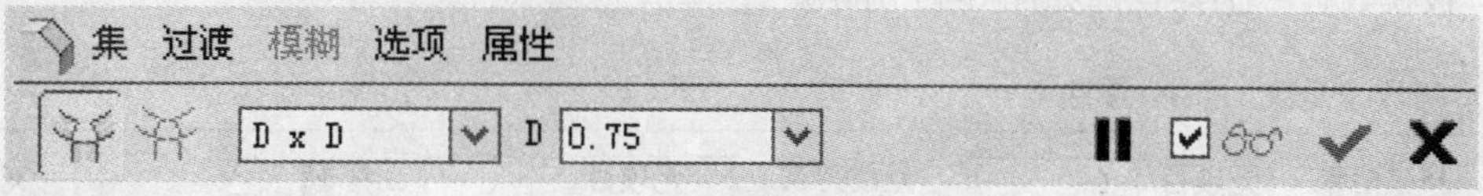

图 6-41 “倒角设计”工具栏

使用 DXD 倒角，D 值为“2”。用鼠标单击法兰盘需要倒角处。设置好参数后，单击“倒角设计”工具栏中的“确定”按钮，如图 6-42 所示。

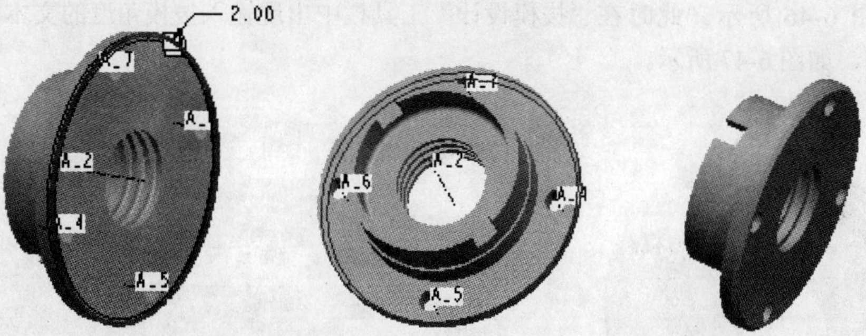

图 6-42　倒角

7）倒圆角。单击工具栏中的“倒圆角”按钮，或单击菜单“插入”→“倒圆角”命令，系统弹出“倒圆角设计”工具栏，如图 6-43 所示。

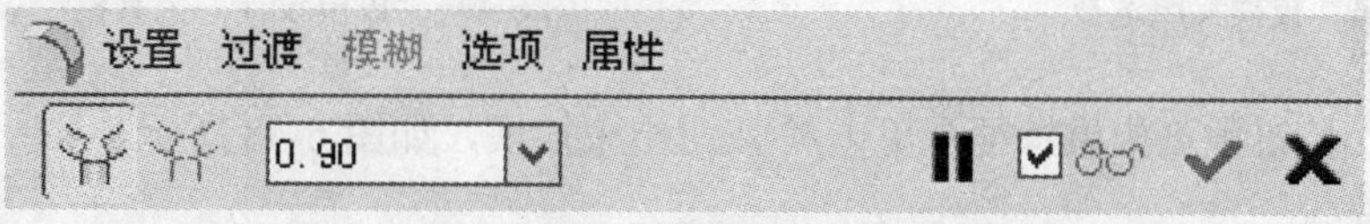

图 6-43 “倒圆角设计”工具栏

使用创建恒定圆角，用鼠标单击要倒圆角的边，在文本框中输入数值为“1”。然后单击“倒圆角设计”工具栏中的“确定”按钮，如图 6-44 所示。

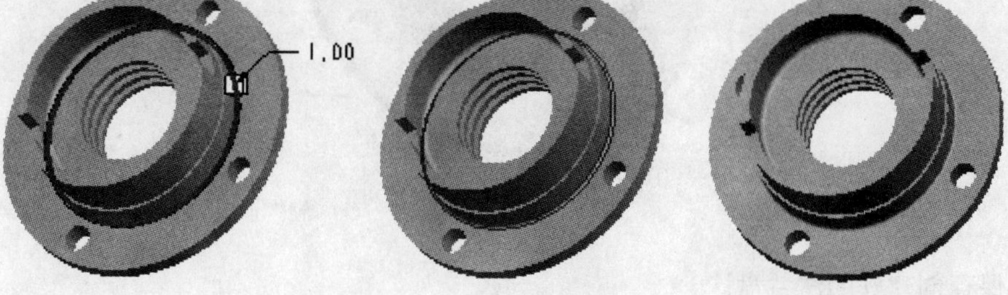

图 6-44　倒圆角

8）拔模。单击工具栏中的"拔模"按钮 ，或单击菜单"插入"→"拔模"命令，系统弹出"拔模设计"工具栏，如图 6-45 所示。

图 6-45 "拔模设计"工具栏

单击"拔模设计"工具栏中的"参照"命令，系统弹出如图 6-47 所示的参照面板，用鼠标激活拔模曲面选项，选取外圆为拔模曲面。再激活拔模枢轴，选取开槽面为拔模枢轴，如图 6-46 所示。此时在"拔模设计"工具栏中出现输入拔模角度的文本框，输入拔模角度为 5，如图 6-47 所示。

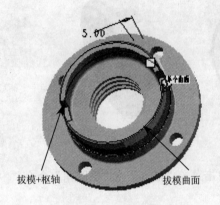

图 6-46 拔模参照选择

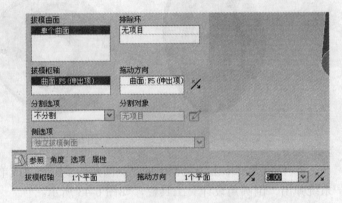

图 6-47 "拔模设计"工具栏

使用 ☑️∞ 按钮预览拔模特征，单击 ✔ 按钮结束拔模，如图 6-48 所示。

图 6-48 拔模

9）保存创建好的法兰盘。

6.5　实训课题

习题 6-1. 按照习题图 6-1 所示的步骤创建各孔特征。

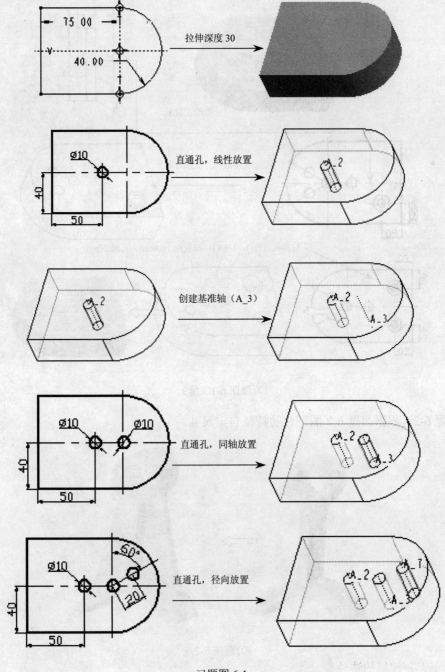

习题图 6-1

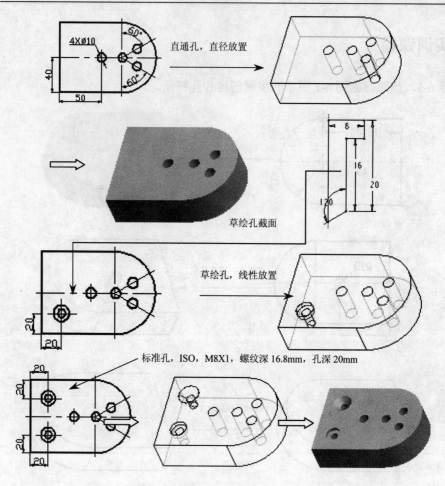

直通孔，直径放置

草绘孔截面

草绘孔，线性放置

标准孔，ISO，M8X1，螺纹深 16.8mm，孔深 20mm

习题图 6-1（续）

习题 6-2. 根据习题 6-2 图创建肋特征自定尺寸。

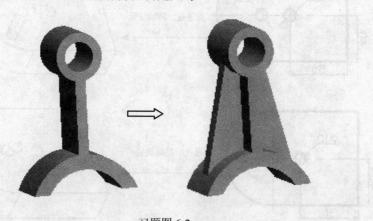

习题图 6-2

习题 6-3. 根据下列提示，完成模型创建。

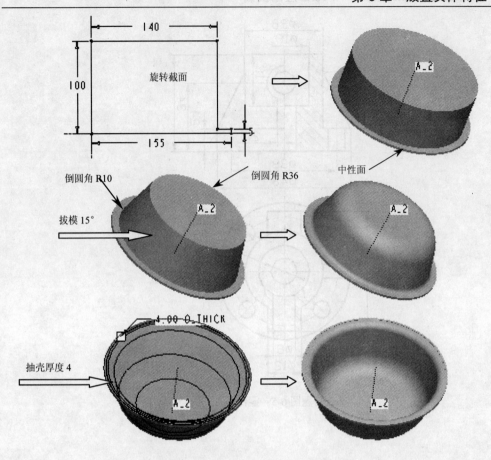

习题图 6-3

习题 6-4. 根据习题图 6-4 零件图，完成模型创建。

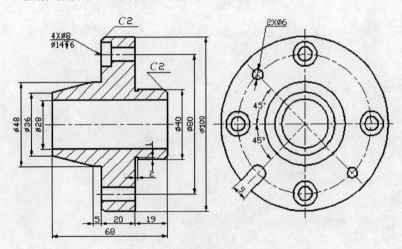

习题图 6-4 零件图

习题 6-5. 根据习题图 6-5 零件图，完成模型创建。

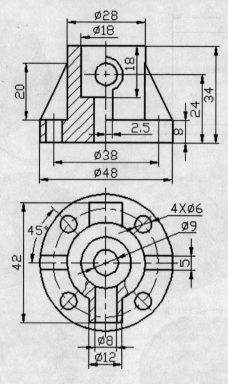

习题图 6-5　零件图

第7章 阵列、复制和镜像

7.1 案例1——架杆

1. 案例说明

阵列是一种高效率的复制方法，一次可创建多个复制特征，特别适用于绘制架杆和梯子之类的造型，架杆如图 7-1 所示。

图 7-1 架杆

2. 绘图思路

用拉伸的方式创建架杆的主干，然后在确定的位置上拉伸出第 1 级架钩，单击工具栏中"阵列"按钮，选择相应的尺寸作为驱动尺寸，输入阵列个数，设置尺寸增量数值，完成整个零件的造型。

3. 操作步骤

1）创建新文件。方法如前。

2）拉伸架杆的主杆。使用第 2 章介绍的方法，创建拉伸实体。选择 TOP 基准平面作为草绘平面，截面如图 7-2 所示，拉伸深度为 100mm。

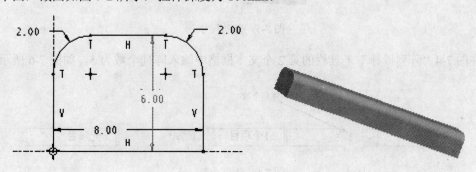

图 7-2 拉伸架杆的主杆

3）拉伸第 1 级架钩。选择主杆的前表面作为草绘平面，拉伸方向向后，拉伸截面如图 7-3 所示，拉伸深度为 8mm。

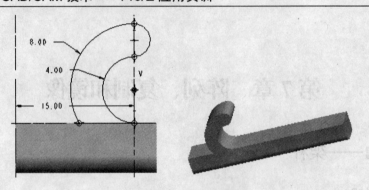

图 7-3　拉伸第 1 级架钩

4）用阵列的方法构建其余架钩。选中要阵列的实体，即架钩。单击工具栏中的"阵列"按钮▦，或单击菜单"编辑"→"阵列表"命令，系统弹出"阵列设计"工具栏，如图 7-4 所示。

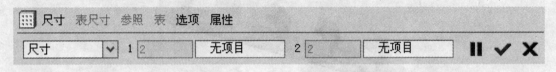

图 7-4　"阵列设计"工具栏

选中阵列特征工具后，系统将显示阵列特征上所有的尺寸标注，选择尺寸 15 作为驱动尺寸，如图 7-5 所示。

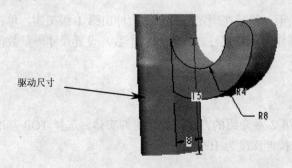

图 7-5　驱动尺寸

在图 7-4 "阵列设计"工具栏的第 2 个文本框格中输入阵列个数为 5，如图 7-6 所示。

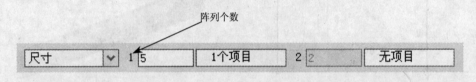

图 7-6　阵列个数

单击图 7-4 "阵列设计"工具栏中的"尺寸"按钮，系统弹出"尺寸参数"对话框。如图 7-7 所示。在"方向 1"中设置尺寸增量为 20。

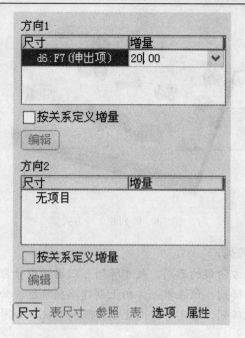

图 7-7　"尺寸参数"对话框

5）完成造型。单击图 7-4"阵列设计"工具栏右边的 ✔ 按钮，结束阵列特征的创建。完成如图 7-1 所示的架杆。

 技术支持

1. 阵列的类型

阵列根据设计方法以及操作过程的不同，可分为尺寸阵列、表阵列、参照阵列和填充阵列 4 种类型。

尺寸阵列：使用驱动尺寸并指定阵列的尺寸增量变化来创建阵列特征。可以根据需要创建一维特征阵列和二维特征阵列，这是最常用的阵列特征创建方式。

表阵列：使用阵列表并为每一阵列实例指定尺寸值来创建阵列。

参照阵列：参照一个已有的阵列来选定阵列的特征。

填充阵列：在指定的表面或者部分表面区域生成均布的阵列，一般用于工程领域的修饰性操作，例如防滑纹。

2. 阵列的方式

Pro／E 提供了以下 3 种尺寸阵列创建方式。

相同阵列：这种方法创建的阵列特征与原阵列特征具有较大的相似性。不但特征的形状和大小相同，而且新特征的放置平面也与原特征一致，但是各特征之间不能相互干涉，如图 7-8 所示。

变化阵列：这种方法创建的阵列特征是在原阵列特征的基础上具有一定的变化，新阵列特征的形状、大小和放置平面都可以改变，但各特征之间不能相互干涉，如图 7-8 所示

一般阵列：这是一种全面的阵列特征方式，阵列特征具有更大的自由设计空间，各特征之间允许相互干涉，如图 7-8 所示。

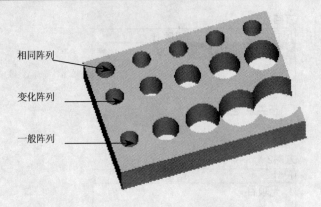

相同阵列

变化阵列

一般阵列

图 7-8　阵列的 3 种方式

3．单向阵列与双向阵列

根据阵列时创建特征方向数的不同，尺寸阵列可以进一步分为以下两种。

单向阵列：又称一维阵列，仅在单一方向上创建阵列特征，如图 7-9 所示。

双向阵列：又称二维阵列，在两个方向上创建阵列特征，如图 7-10 所示。

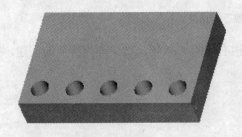

图 7-9　一维阵列

图 7-10　二维阵列

4．线性阵列与旋转阵列

根据创建阵列时使用的驱动尺寸类型的不同，尺寸阵列又可以分为以下两种。

线性阵列：使用线性尺寸创建阵列，阵列创建后的特征成直线排列，如图 7-9 和图 7-10 所示。

旋转阵列：使用角度尺寸创建阵列，阵列创建后的特征绕指定中心成环状排列。如图 7-11 和图 7-12 所示。

图 7-11　一维旋转阵列

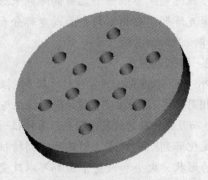

图 7-12　二维旋转阵列

7.2　案例 2——转向盘造型

1．案例说明

复制命令极大地方便了特征的建立。复制包括特征的复制、零件的镜像和移动。"复制"命令包含在主菜单的"编辑"-"特征操作"的菜单管理器"特征"菜单中。以转向盘造型为例说明复制命令的使用，如图 7-13 所示。

2．绘图思路

先用旋转的方式生成转向盘的中心轴，再用旋转方式生成转向盘外盘，拉伸第 1 个轮辐，通过复制生成第 2 个轮辐，再复制生成第 3 个轮辐，完成转向盘的造型。

图 7-13　转向盘

3．操作步骤

1）创建新文件。方法如前。

2）旋转生成转向盘的中心轴。使用第 3 章介绍的方法，创建下列旋转实体。选择 RIGHT 基准平面为草绘平面，截面如图 7-14 所示，截面绕中心轴旋转 360°。

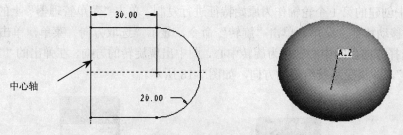

图 7-14　旋转生成转向盘的中心轴

3）旋转生成转向盘外盘。操作步骤同 2），继续旋转生成转向盘外盘。仍然选择 RIGHT 基准平面为草绘平面，截面如图 7-15 所示，截面绕中心轴旋转 360°。

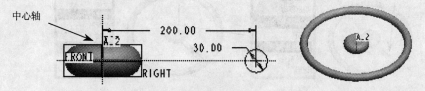

图 7-15　旋转生成转向盘外盘

4）拉伸第 1 个轮辐。使用第 2 章介绍的方法，创建拉伸第 1 个轮辐实体。选择 RIGHT 基准平面为草绘平面，截面为 $\phi 20mm$ 的圆，拉伸至下一曲面，如图 7-16 所示。

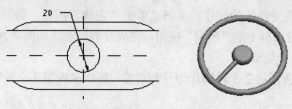

图 7-16　拉伸第 1 个轮辐

5）复制生成第 2 个轮辐。单击菜单"编辑"→"特征操作"命令，系统弹出"菜单管理器"。单击"菜单管理器"中的"复制"命令。在"复制特征"菜单上单击"移动"命令，以"独立"的方式复制特征。单击"完成"命令，显示"选取特征"菜单，如图 7-17 所示。

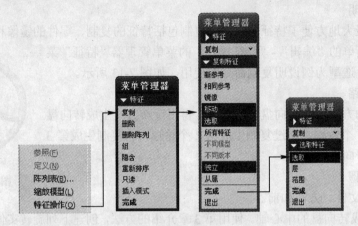

图 7-17　复制流程

选择步骤 4）中创建的第 1 个轮辐作为原始特征进行复制，单击"菜单管理器"上的"完成"命令，弹出"移动特征"菜单，单击"旋转"命令，显示"选取方向"菜单，单击"曲线/边/轴"命令，选择方向盘的中心轴作为旋转中心，图中出现旋转的方向，在弹出的"方向"菜单上选择"正向"，即接受系统给定的方向，如图 7-18 所示。

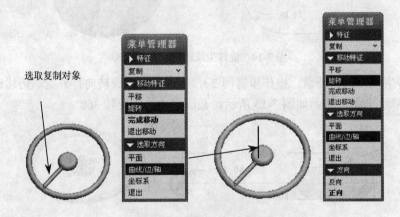

图 7-18　选择复制对象和旋转轴

此时系统要求输入旋转角度 120° 输入旋转角度 120 ✓✗ 。

再单击"移动特征"菜单上的"完成移动"命令，弹出"组元素"对话框，并且显示"组可变尺寸"菜单。不改变特征的尺寸，单击菜单上"完成"按钮，如图 7-19 所示。

单击"组元素"对话框上的"确定"按钮，完成复制。创建如图 7-20 所示的第 2 个轮辐。

6）复制生成第 3 个轮辐。

操作同步骤 5），选择第 2 个轮辐作为复制对象，复制生成第 3 个轮辐。完成转向盘造型，如图 7-21 所示。

图 7-19　"组元素"对话框

图 7-20　第 2 个轮辐

图 7-21　第 3 个轮辐

技术支持

1. 复制特征的类型和方法

复制特征的类型见表 7-1。

表 7-1　复制特征的类型

类　　型		功能及说明
新参考		为复制的特征指定新的特征放置参照
相同参考		使用源特征的参照完成复制。即只能改变复制特征的几何尺寸和位置，而不能改变复制特征的放置平面与参考面
镜像		以镜像方式复制特征，它不能修改复制特征的几何尺寸，需选择某一基准平面作为镜像参考
移动	平移	通过平移的方式复制特征
	旋转	通过旋转的方式复制特征

2. 选取对象方式

选取对象方式见表 7-2。

表 7-2　选取对象方式

选 取 方 式	用　　法
选取	在模型上选择要进行复制的特征。一次可以选择多个特征进行复制
所有特征	选择当前模型中所有的特征进行复制
不同模型	从另外的模型中选择特征进行复制，只有"新参考"类型的复制才可选用
不同版本	从当前模型的不同版本中选择特征进行复制，只有"新参考"类型的复制才可选用

3．复制的关联类型

关联类型是指复制特征与源特征之间的关系，有以下两种方式。

1）独立：复制特征与源特征之间无任何关联，对其中一个特征的修改不会影响另一个特征。

2）从属：复制特征与源特征之间相互关联，修改其中一个特征，另一个会随之改变。

4．复制特征的创建方法

不同的复制类型创建方法不同，但大致可分如下几步。

1）选择复制命令。

2）选择要复制的特征。

3）设定复制特征的可变尺寸。

4）完成复制特征的创建。

7.3 案例 3——镜像

1．案例说明

镜像是将实体对象以一个平面为对称中心的复制过程。镜像命令只支持针对零件整体的操作。镜像后零件的两部分具有关联关系。以支架为例说明镜像过程，如图 7-22 所示。

图 7-22　支架

2．绘图思路

用拉伸的方式先创建零件的一半，选取模型树中的零件名，激活镜像命令，选择基准平面或模型表面作为镜像面，最后完成镜像操作。

3．操作步骤

1）建立源零件实体，如图 7-23 所示。首先拉伸底板。然后再拉伸拱形孔板，如图 7-24 所示。

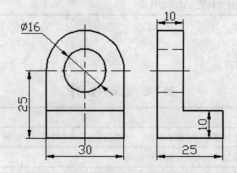

图 7-23　源零件实体

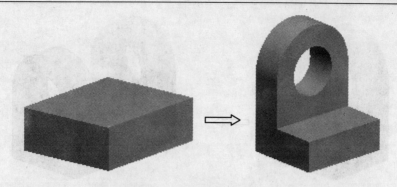

图 7-24　2 步完成零件实体建模

也可以分 3 步完成：拉伸角形→完全圆角→创建孔特征，如图 7-25 所示。

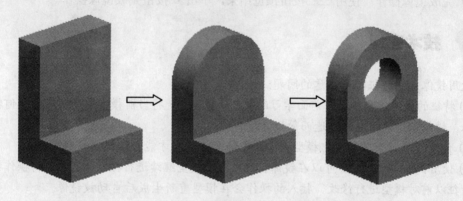

图 7-25　3 步完成零件实体建模

2）激活镜像命令。必须选取模型树中的零件名才能激活镜像命令，如图 7-26 所示。单击"镜像"按钮 ，或单击菜单"编辑"→"镜像"命令，系统弹出"镜像"工具栏，如图 7-27 所示。

```
□ PRT0004.PRT
  ┌─ RIGHT
  ┌─ TOP
  ┌─ FRONT
  ╳ PRT_CSYS_DEF
  ⊞ 伸出项 标识39
  ◯ 倒圆角 标识136
  ◯ 孔 标识173
  → 在此插入
```

图 7-26　激活镜像命令

图 7-27　"镜像"工具栏

3）选择基准平面或模型表面作为镜像面。选择实体的右侧面作为镜像面，如图 7-28 所示。

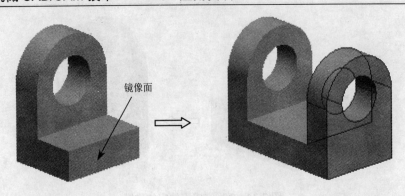

图 7-28　镜像面

4）完成镜像操作。使用 按钮预览结果，单击 按钮完成镜像操作。

 技术支持

使用镜像复制特征时应注意的问题：

1）特征的镜像命令不同于前面学习的复制镜像，它是将当前模型中的所有的几何特征全部镜像。镜像命令使用起来迅速而简捷。

2）使用镜像命令必须选中模型树中的文件名，这样才能激活镜像命令。

3）使用镜像命令以后，可以在镜像特征之后对模型继续进行操作，也可以将操作插入到镜像特征以前对模型进行修改，插入的操作会在模型重新生成后自动被镜像。

7.4　知识进阶

运用复制和阵列等命令创建模型的综合实例（风扇），如图 7-29 所示。

图 7-29　风扇

操作步骤如下：

1）创建新文件。方法如前。

2）用旋转的方法创建风扇的中心轴。选择 FRONT 基准平面为草绘平面，截面形状如图 7-30 所示。然后再创建椭圆形圆角截面，如图 7-31 所示。最后生成如图 7-32 所示的风扇中心轴。

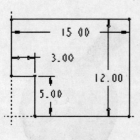

图 7-30 旋转截面

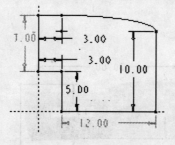

图 7-31 椭圆形圆角截面

图 7-32 创建风扇中心轴

3）用混合扫描创建第 1 个风扇叶片。单击菜单"插入"→"混合扫描"→"薄板伸出项"命令，保持系统默认的设置不变，单击"完成"命令。在出现选择"草绘轨迹"选项时，选择 TOP 基准平面作为草绘基准面。使用系统默认设置进入二维草图绘制界面。

单击草绘工具栏中的"创建圆弧"按钮 ，绘制如图 7-33 所示的扫描轨迹线。

完成后单击右下角草绘工具栏中的"继续当前部分"按钮 ，确定当前操作。接受系统自动打开的"为截面 1 输入旋转角度"对话框中的设置，再单击右下角输入角度文本框的"接受值"按钮 ，返回二维草绘绘制界面。

单击草绘工具栏中的"创建样条曲线"按钮 ，绘制出如图 7-34 所示的曲线。完成后单击右下角草绘工具栏中的"继续当前部分"按钮 ，确定当前操作。接受系统自动打开的"为截面 2 输入旋转角度"对话框中的设置，不输入任何值再单击"接受值"按钮 返回二维草绘绘制界面。

单击草绘工具栏中的"创建样条曲线"按钮 ，绘制出如图 7-35 所示的曲线。单击右下角草绘工具栏中的"继续当前部分"按钮 ，确定当前操作。在系统自动打开的"输入薄特征的宽度"文本框中修改数值为 0.5，单击"接受值"按钮 ，保存当前操作。

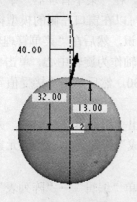

图 7-33 扫描轨迹线

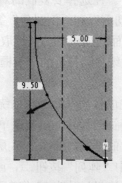

图 7-34 截面 1 曲线

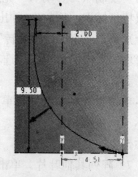

图 7-35 截面 2 曲线

单击"伸出项：扫描混合"对话框中的"预览"按钮，查看生成的叶片，确认没有问题再单击"确定"按钮，完成第 1 个叶片的创建，如图 7-36 所示。

4）修剪第 1 个叶片。单击草绘工具栏中的"旋转工具"按钮，打开"旋转特征操作"工具栏，选择 RIGHT 基准平面作为草绘平面，截面形状如图 7-37 所示。在"旋转特征操作"工具栏中，单击"去除材料"按钮，再单击旋转操控面板右下角按钮 ，完成第 1 个叶片的修剪，如图 7-38 所示。

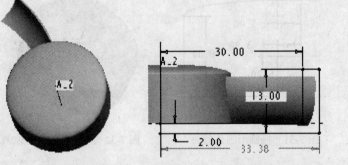

图 7-36　创建第 1 个风扇叶片　　　图 7-37　修剪截面　　　图 7-38　修剪第 1 个叶片

5）对第 1 个叶片进行倒圆角。单击工具栏中的"倒圆角"按钮，打开"倒圆角"工具栏，在尺寸文本框中修改数值为 2。选择叶片中两个要倒角的边进行倒圆角，如图 7-39 所示。单击"倒圆角"工具栏中的"预览"按钮，查看生成的圆角，确认没有问题后再单击"确定"按钮，完成对第 1 个叶片的倒圆角，如图 7-40 所示。

图 7-39　倒圆角选取　　　　　图 7-40　对第 1 个叶片倒圆角

6）复制第 1 个叶片。单击菜单"编辑"→"特征操作"命令，在"菜单管理器"中分别单击"复制"、"移动"、"完成"命令。在选择要复制的对象时，可以在窗口左侧的模型树中选取特征标识，例如，"伸出项"、"切剪"和"倒圆角"等特征标识，然后在"菜单管理器"中分别单击"完成"、"旋转"和"曲面/边/轴"命令。选取（A_2）轴作为旋转中心，单击"菜单管理器"中的"正向"选项。在系统自动打开的文本框中输入 30，然后单击"接受值"按钮 ✔，确定当前操作。

单击"移动特征"菜单上的"完成移动"命令，系统自动弹出"组元素"对话框，并且显示"组可变尺寸"菜单。不改变特征的尺寸，单击菜单上"完成"按钮。单击"组元素"对话框上的"确定"按钮，完成叶片的复制，如图 7-41 所示。

7）阵列其他叶片。单击工具栏中"阵列"按钮 ▦，或单击菜单"编辑"→"阵列表"命令，系统弹出"阵列设计"工具栏。选择尺寸为 30 作为驱动尺寸，如图 7-42 所示。

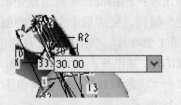

图 7-41　复制第 1 个叶片　　　　　图 7-42　驱动尺寸

在"阵列设计"工具栏的第 2 个文本框中输入要进行阵列的个数 11。

然后单击"阵列设计"工具栏中的 ✔ 按钮，完成阵列，如图 7-43 所示。

8）保存模型。

图 7-43 阵列

7.5 综合案例

1．案例说明

本案例为一个比较复杂零件的造型，为了将本章及前几章所述的方法进行总结，本例综合运用了一些技巧进行造型。如图 7-44 所示的零件图不难看出，该零件不但有螺纹，而且还有相互交叉的造型和空腔，这就要求首先要确定好基准件，并设置有利的草绘平面、参照或参照轴，以保证造型过程的准确性和成功率。

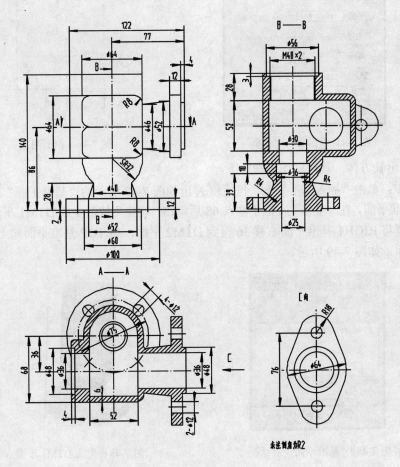

图 7-44 零件图

2. 绘图思路

绘图时可分成以下几个大的步骤：第一步先使用"旋转"工具作出圆柱状的主体部分。第二步使用"拉伸"工具作出长方体。第三步对长方体倒圆角 R8。第四步使用"旋转"工具作出长方体上的相交管状件。第五步使用"拉伸"工具作出菱形件。第六步挖空内腔。第七步作出底座上的小孔。第八步绘制螺纹。最后倒其余未倒的圆角。

3. 操作步骤

1）创建新文件。方法如前。

2）使用"旋转"工具作出圆柱状的主体。单击"旋转"→"草绘"命令，以 FRONT 基准平面为草绘平面，RIGHT 基准平面为参照，弹出"剖面"对话框，如图 7-45 所示，进入草绘界面后绘制如图 7-46 所示剖面图后单击 ✔ 按钮，截面绕中心轴旋转 360° 得到零件主体。

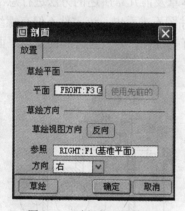

图 7-45 "剖面"对话框

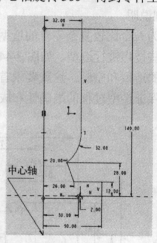

图 7-46 剖面图

3）作出长方体，具体操作步骤如下。

第一步：单击"插入基准平面"按钮 弹出如图 7-47 所示的"基准平面"对话框。选择 RIGHT 基准平面，在"平移"文框中输入 68 后单击"确定"按钮生成 DTM1 平面，如图 7-48 所示。同理将 RIGHT 基准平面右移 36 得到 DTM2 平面，将 TOP 基准平面向上平移 86 得到 DTM3 平面，如图 7-49 所示。

图 7-47 "基准平面"对话框

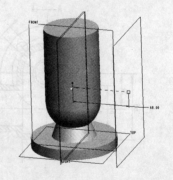

图 7-48 生成 DTM1 平面

第二步：依次单击"拉伸"→"草绘"命令，以 DTM1 平面为草绘平面，DTM3 平面为参照，"剖面"对话框如图 7-50 所示，进入草绘界面，绘制以 FRONT 基准平面和 DTM3 平面为对称轴 64mm 的正方形如图 7-51 所示的剖面后退出草绘。

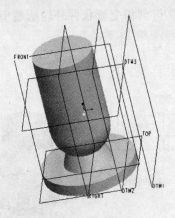

图 7-49　插入的 3 个基准平面

图 7-50　"剖面"对话框

第三步：单击"拉伸"工具栏中的 按钮，然后在绘图区选择主体造型的圆柱面为拉伸的终止曲面，如图 7-52 所示，确认无误后单击 按钮，完成长方体的造型。

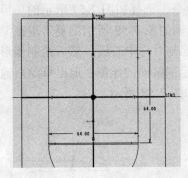

图 7-51　剖面图

图 7-52　拉伸终止曲面的选择

4）对方形块倒圆角 R8。选择倒圆角命令，设置倒角半径为 8mm，选择长方体的 12 条棱，选择完成后确定，效果如图 7-53 所示。（如果得不到此效果，则应把长方体的侧棱分别倒圆角就可以了）。

图 7-53　倒圆角后的造型

5）作出长方体上的相交管状件。单击"旋转"→"草绘"命令，以 DTM2 平面为草绘平面，DTM3 平面为参照，"剖面"对话框如图 7-54 所示，进入草绘界面后绘制如图 7-55 所示的剖面后单击 ✓ 按钮，截面绕中心轴旋转 360°得到相交管状件外轮廓造型如图 7-56 所示。

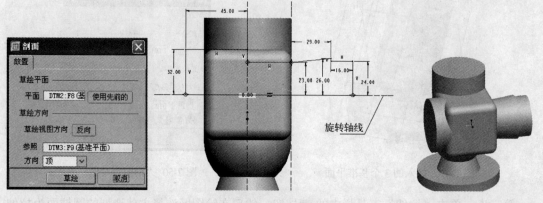

图 7-54 "剖面"对话框   图 7-55 剖面图   图 7-56 相交管状件外轮廓造型

6）作出菱形件。单击"拉伸"→"草绘"命令，选择如图 7-57 所示的环形面为草绘平面，以 DTM2 平面为参照，进入草绘界面后绘制如图 7-58 所示的菱形剖截面。绘制菱形剖截面时，先激活环形面的 ϕ 48mm 内圆，再绘制对称中心线，然后绘制菱形截面的一半（包括一个 ϕ 12mm 圆），利用镜像工具完成菱形剖截面的绘制。退出草绘后输入拉伸距离为 12mm 后单击"确定"，完成菱形件造型，如图 7-59 所示。

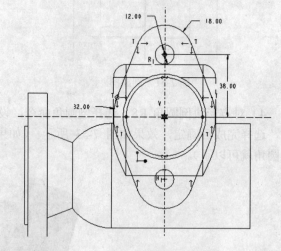

图 7-57 选择草绘平面   图 7-58 菱形剖截面

7）挖空内腔，具体操作步骤如下。

第一步：单击"旋转"→"草绘"命令，以 FRONT 基准平面为草绘平面，RIGHT 基准面面为参照，进入草绘界面后绘制如图 7-60 所示的截面后单击 ✓ 按钮，截面绕中心轴旋转 360°、单击"切割"按钮 ⬭，完成主体内孔造型。如图 7-61 所示为完成后的内腔空间剖面。

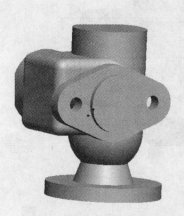

图 7-59　完成菱形件造型

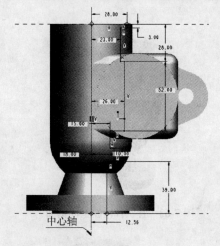

图 7-60　截面图

第二步：单击"旋转"→"草绘"命令，以 DTM3 平面为草绘平面，DTM2 平面为参照，进入草绘界面后绘制如图 7-61 所示的截面后单击 ✔ 按钮，截面绕中心轴旋转 360°，单击"切割" ◻，完成管状件内孔造型，如图 7-63 所示为完成后的管状件内腔空间剖面。

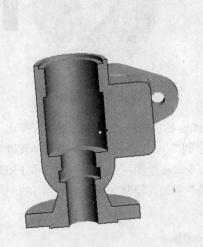

图 7-61　内腔空间剖面

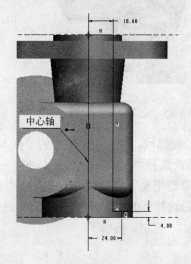

图 7-62　截面图

第三步：单击"拉伸"→"草绘"命令，选择 FRONT 基准平面为草绘平面，以 DTM3 平面为参照，进入草绘界面后绘制如图 7-64 所示的截面图，退出草绘后输入拉伸距离为 52，单击"对称拉伸"按钮并选择"切割"材料，最后单击"确定"按钮完成内腔造型，如图 7-65 所示为完成后的内腔空间剖面图。

8）作出底座上的小孔。单击"拉伸"→"草绘"命令，选择 TOP 基准平面为草绘平面，以 FRONT 基准平面为参照，进入草绘界面后绘制如图 7-66 所示的截面，退出草绘后输入拉伸距离为"至下一平面"，并选择"切割"材料，然后单击"确定"按钮完成底座上的小孔造型。

图 7-63　管状件内腔空间剖面

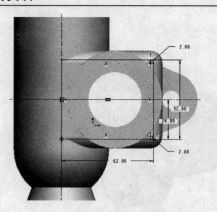

图 7-64　截面

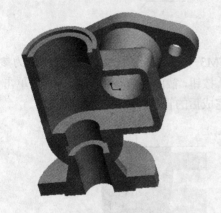

图 7-65　完成后的内腔空间剖面

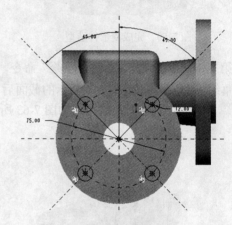

图 7-66　截面

9）绘制螺纹。单击菜单栏中的"插入"→"螺旋扫描"→"切口"命令，弹出"菜单管理器"，依次选择"常数"→"穿过轴"→"右手定则"→"完成"命令，"菜单管理器"中弹出"设置草绘平面"，单击"新设置"→"平面"命令，在绘图区或模型树中选取 FRONT 基准平面，然后选择"正向"→"缺省"命令进入"草绘"界面，绘制如图 7-67 所示的扫描轨迹线，完成后单击"确定"按钮 ✔。

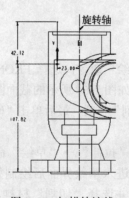

图 7-67　扫描轨迹线

在"输入节距值"文本框中输入 2，单击 ✔ 按钮。进入扫描截面绘制界面，绘制如图 7-68

所示的三角形截面。注意三角形截面应该位于垂直虚线左侧，是以水平虚线对称的封闭正三角形，三角形高为 1.3mm，完成后单击"确定"按钮 ✔，单击"切剪"工具栏中的"确定"按钮完成螺纹绘制，如图 7-69 所示。

10）倒圆角。分两次进行，第 1 次完成两处 R4 倒圆角，第二次完成所有的 R2 的倒圆角，完成后零件效果如图 7-70 所示。

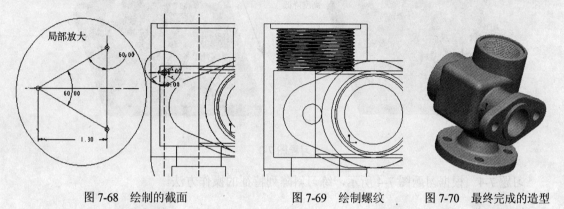

图 7-68　绘制的截面　　　　　图 7-69　绘制螺纹　　　图 7-70　最终完成的造型

7.6　实训课题

习题 7-1. 根据习题图 7-1 所示，练习在形状和尺寸不变化的情况下，对零件进行特征复制。

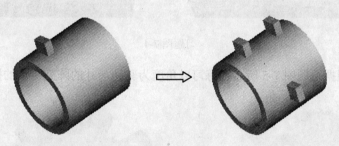

习题图 7-1

习题 7-2. 根据习题图 7-2 所示的梯子结构图，用适当的方法创建梯子的三维模型。

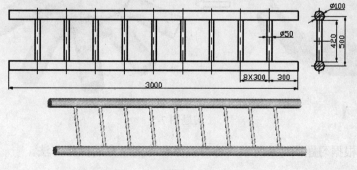

习题图 7-2

习题 7-3. 根据习题图 7-3 所示，练习阵列特征的操作方法。

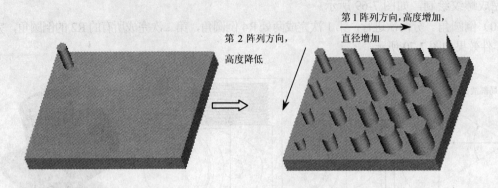

习题图 7-3

习题 7-4. 根据习题图 7-4 所示，练习斜阵列特征的操作方法。

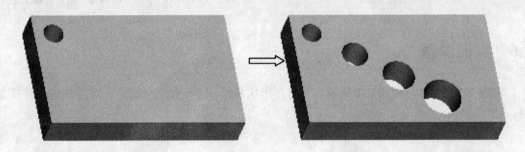

习题图 7-4

习题 7-5. 根据习题图 7-5 所示，练习以角度为驱动尺寸的阵列特征的操作方法。

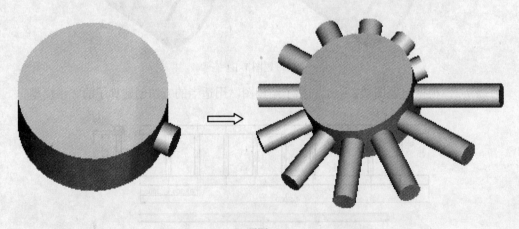

习题图 7-5

习题 7-6. 根据习题图 7-6 所示，练习镜像和阵列命令的操作方法。

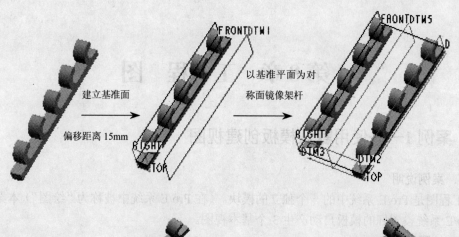

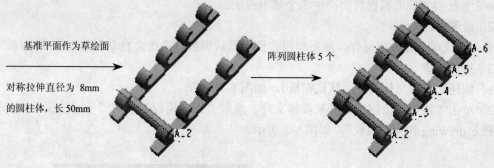

习题图 7-6

第8章 工程图

8.1 案例1——使用默认模板创建视图

1．案例说明

工程图是 Pro/E 系统中的一个独立的模块。（在 Pro/E 系统中被称为"绘图"）本案例是利用 Pro/E 系统设置好的模板自动产生 3 个基本视图。

2．绘图思路

先创建三维立体模型保存，随后调用。使用默认模板，系统会自动创建工程图文件。

3．操作步骤

1）创建工程图文件（使用默认模板），如图 8-1 所示。

2）单击"浏览"按钮，打开某实体文件，选取"指定模板"中的"使用模板"，在模板中选择 c_drawing 作为"模板"，如图 8-2 所示。

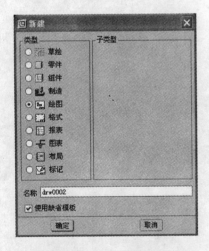

图 8-1　新建工程图文件

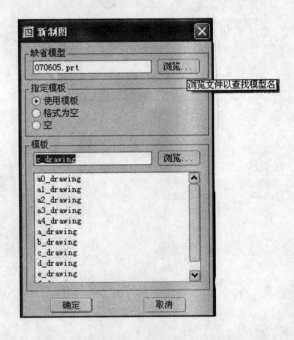

图 8-2　打开实体文件并选取模板

3）单击图 8-2 中的"确定"按钮，模板自动创建 3 个标准视图（按照第三角投影，创建的主视图，处于中间位置，俯视图处于上面位置，右视图处于右面位置），如图 8-3 所示。用户也可选择做过的三维模型按照此实例的思路生成工程图。

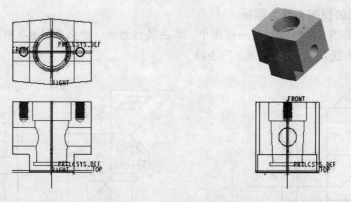

图8-3　3个标准视图及三维模型

 技术支持

1．使用模板

模板是指工程图在形成过程中所遵循的绘图环境，包括图框、单位和投影角等 Pro/E 系统的环境量。Pro/E 系统根据已经设置好的模板自动产生 3 个视图。模板可以是系统提供的，也可以是用户自行创建。

"指定模板"中"格式为空"的含义是：不指定模板而仅使用具有格式的图样，并不会自动建立视图，用户可以选用系统内建的或自定义的文件格式（*.frm 文件）。

"指定模板"中"空"的含义是：使用完全空白的图纸，并从中选取标准规格的图纸，或自行设置的特殊尺寸图纸。

2．绘图文件与模型文件的关系

使用工程图时，不需要绘制视图中的线条，Pro/E 系统会自动从指定的元件模型中捕获需要的信息，设计者经过一系列设置，可得到相应的平面视图。在 Pro/E 系统的设计中，如果改动了工程图，其他三维模型会相应改变；反之，如果改动了三维模型，工程图也会相应的得到改变。这种相互依存的关系就是 Pro/E 系统极具特色的"单一数据库"概念。工程图需要通过读取模型文件的方式获取模型信息。工程图文件必须和三维模型文件放在一起，否则，在打开工程图文件时会因找不到模型文件而打不开。

3．第三角投影与第一角投影

空间可以由正平面 V、水平面 H 和侧平面 W 划分成 8 个区域，分别为第 1、第 2、第 3、第 4、第 5、第 6、第 7 和第 8 分角，如图8-4所示。

将物体放在第 1 分角内的投影称为第一角投影，又称为 E 法——欧洲大部分国家采用的方法。

将物体放在第 3 分角内投影称为第三角投影，又称为 A 法——美国采用的方法。

我国国家标准采用的是第一角投影法。

第三角投影是假想将物体放在透明的玻璃盒中，以玻璃盒的每个侧面作为投影面，按照人—面—物的位置作正投影而得到图形的方法，如图8-5所示。

ISO 国际标准规定，第三角投影中 6 个基本视图的位置，如图 8-6 所示。

4. 修改视图的视图布置为国标

将鼠标放在如图 8-7 所示的某一视图中，单击鼠标右键，弹出如图 8-7 所示的对话框，将"锁定视图移动"选项前的对勾"√"去掉。

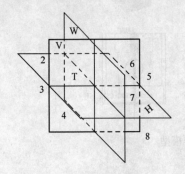

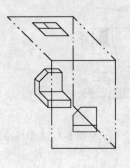

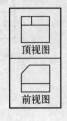

图 8-4　空间区域　　　　　　　　　　　　　　　图 8-5　第三角投影

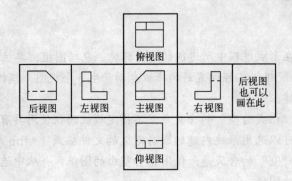

图 8-6　第三角投影中 6 个基本视图的位置

单击视图，出现红色框，按下鼠标左键，拖动其移动。可将俯视图移到主视图的下方，右视图移到主视图的左方，以符合第一角投影原则，如图 8-8 所示。

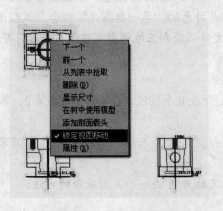

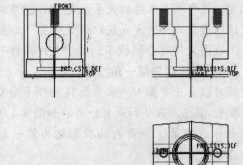

图 8-7　取消"锁定视图移动"　　　　图 8-8　调整后符合第一投影角的视图

第一角投影视图基本上可通过修改系统配置文件对 Pro/E 系统进行设置来改变。

8.2　案例 2——创建一般视图

1．案例说明

建立工程图时，最先建立的是一般视图，完成一般视图的创建之后，以一般视图为基础，在适当的位置建立投影视图、辅助视图、详细视图和旋转视图等。因此，一般视图是建立其他视图的基础。

2．绘图思路

先通过以前所学的造型方法对零件进行实体造型。新建工程图文件并设置图纸的属性，然后进行投影视图的创建，最先创建的投影视图是主视图，接着进行其他视图的创建，完成俯视图和左视图的创建，最后对各视图位置进行调整，并再创建轴测视图。

3．操作步骤

参考图 8-9 所示的工程图的模型，通过拉伸、拐角和倒角等步骤对实体进行造型（尺寸自定）。然后，按下列步骤进行操作。

1）设置图样的属性。

单击"文件"菜单中的"新建"命令，选择"绘图"命令，取消选中"使用缺省模板"复选框，单击"确定"按钮，如图 8-10 所示。在默认模型中选择类似于图 8-9 所示的工程图的模型，在"指定模板"中选择"空"。这样，就可以单击下拉菜单在"新制图"对话框中选择图样的规格，例如选择"C"，选择后，单击"确定"按钮，如图 8-11 所示。

图 8-9　工程图的模型

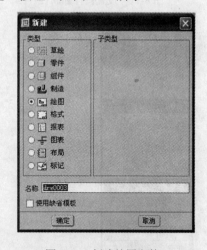

图 8-10　新建绘图文件

2）设置视图类型属性。单击"插入"菜单，选择"绘图视图"，如图 8-12 所示，出现如图 8-13 所示的"菜单管理器"，选择"一般"→"全视图"→"无剖截面"→"无比例"→"完成"命令。

3）投影视图的创建，具体操作步骤如下。

第一步：主视图的创建：单击"完成"按钮，Pro/E 系统左下角的信息栏中显示提示，选择视图放置的位置，当鼠标在工作区的中央位置单击时，系统出现如图 8-14 所示的"方向"对话框，可以对模型的定位方向作出选择。首先进行"参照 1"方向的确定，在三维模型的最前面单击，出现如图 8-15 所示的界面。单击图 8-15 所示的"参照 2"中的箭头，然后单击模型的上表面，模型的定位方向选定，出现如图 8-16 所示的界面，主视图生成。

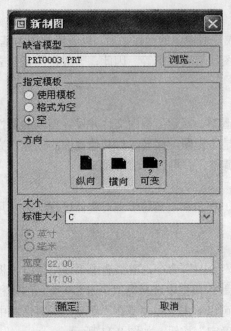

图 8-11　设置图样的属性

图 8-12　"插入"菜单

图 8-13　菜单管理器

单击模型最前面

图 8-14　"方向"对话框

单击模型上表面

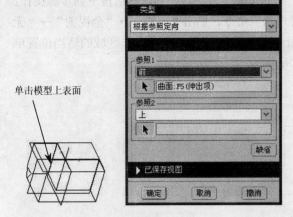

图 8-15 选择模型的"参照 2"方向

图 8-16 主视图生成

第二步：其他视图的创建，具体操作步骤如下。

俯视图的创建：单击"插入"→"绘图视图"→"菜单管理器"命令，单击"投影"→"全视图"→"无剖截面"→"无比例"和"完成"命令，在已生成的主视图的上方单击鼠标，系统自动生成俯视图。（对 Pro/E 系统如采用默认的第三角投影，俯视图的位置在主视图的上方，所以鼠标要在此位置单击。如采用第一角投影，俯视图的位置应在主视图的下方）。

左视图的创建：单击"插入"→"绘图视图"→"菜单管理器"命令，单击"投影"→"全视图"→"无剖截面"和"无比例"命令，最后单击"完成"命令，在已生成的主视图的左方单击鼠标，系统自动生成左视图。（对 Pro/E 系统如采用默认的第三角投影来说，左视图的位置在主视图的左方，所以鼠标要在此位置单击。如采用第一角投影，左视图的位置应在主视图的右边）。

第三步：各视图位置的调整。取消"锁定视图移动"，按照第一角投影的规定位置放置调整后的俯视图和左视图，如图 8-17 所示。

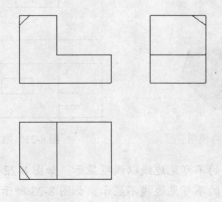

图 8-17 视图的调整

第四步：轴测视图的生成。为了更清楚地表达零件，三视图的旁边还可以放置轴测视图，用于帮助说明零件的形状。具体用法是，按上面的步骤生成三视图后，然后按下列步骤操作：

单击"插入"→"绘图视图"→"菜单管理器"命令，单击"一般"→"全视图"→"无剖截面"和"无比例"命令，单击"完成"命令，如图 8-18 所示。在工作区域的适当位置单击鼠标，系统自动生成轴测视图，如图 8-19 所示。

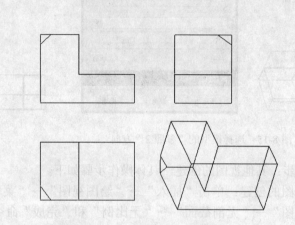

图 8-18　轴测视图的生成　　　　　　　图 8-19　三视图和轴测视图

 技术支持

1．工程图的几种显示模式

工程图可以设置下列几种显示模式，参考模型如图 8-20 所示。

隐藏线显示模式：视图中的不可见边线用细虚线表示，如图 8-21 所示。

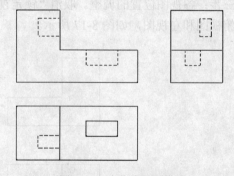

图 8-20　显示模式参考模型　　　　　　图 8-21　隐藏线显示模式

线框显式模式：视图中的不可见边线以线框显示。如图 8-22 所示。

消隐显式模式：视图中的不可见边线不显示，如图 8-23 所示。

2．改变显示模式的方法

可按下列步骤进行操作：

1）在要改变显示模式的视图中双击鼠标，系统出现如图 8-24 所示的"视图显示"菜单。

2）选择"视图显示"，则会有"线框"、"隐藏线"、"消隐"选项，选择其中一项并单击"完成"选项。（其他选项可按系统的默认设置进行选取）。显示模式的改变完成。

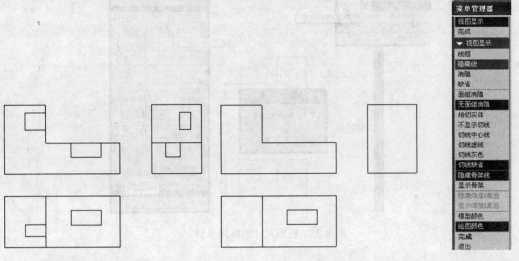

图 8-22 线框显示模式　　　　　图 8-23 消隐显示模式　　　图 8-24 "视图显示"菜单

8.3 案例 3——工程图的标注

1. 案例说明

在工程图的创建中，视图的标注必不可少，尺寸标注的操作有下列几种：显示已存在的尺寸和自定义尺寸，及对尺寸进行修改等。

操作思路：工程图绘制完成后，让系统将所有的尺寸都显示出来，用户根据需要对尺寸进行调整布置。

2. 绘图思路

先创建一个实体模型，之后创建绘图文件，在菜单中对绘图文件进行相关的设置使视图的尺寸显示出来，通过整理、修改、删除和添加尺寸等环节的工作对零件的尺寸进行全面的标注。

3. 操作步骤

1）创建一个实体模型。

2）以此模型为基础创建绘图文件；

3）视图尺寸的标注步骤如图 8-25 所示。第一步单击"视图"命令，选择"显示及拭除"选项；第二步单击"尺寸"命令；第三步单击"显示全部"命令；第四步对对话框进行确认，第五步关闭"显示/拭除"对话框。结果如图 8-26 所示。

4）整理尺寸：整理尺寸包括移动尺寸、修改尺寸、删除尺寸和添加尺寸。

移动尺寸：将鼠标移到某一尺寸线上，该尺寸线立即改变颜色，单击此尺寸，这时尺寸颜色变红，鼠标变成双箭头形状，可用鼠标左键拖动尺寸放入合适的位置，如图 8-27 所示。

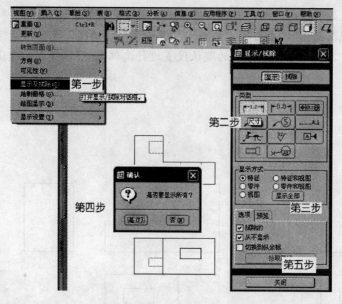

图 8-25 视图尺寸的标注步骤

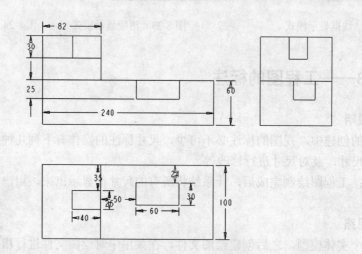

图 8-26 视图尺寸的标注结果

修改尺寸：在工程图中可以修改尺寸。将鼠标放在要修改尺寸的数值上双击，出现如图 8-28 所示的文本框。在文本框内填入修改后的数值，按<Enter>键结束。

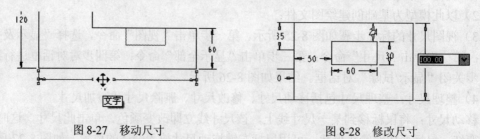

图 8-27 移动尺寸   图 8-28 修改尺寸

删除尺寸：如果在视图中不想要某个尺寸，可将鼠标移到该尺寸上，当尺寸颜色改变后单击，尺寸变成红色，单击鼠标右键，出现如图 8-29 所示的菜单，单击"拭除"命令，该尺寸即可消失。

添加尺寸：单击"插入"→"尺寸"→"新参照"→"图元上"命令，出现"选取"对话框，如图 8-30 和图 8-31 所示。按住〈Ctrl〉键，在需要添加尺寸标注的直线上分别单击，使之变成红色，移动鼠标在合适的位置，单击鼠标中键（或滚轮），添加尺寸后的效果如图 8-32 所示。

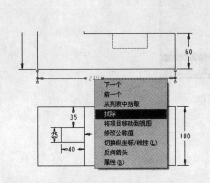

图 8-29　删除尺寸　　　　　图 8-30　添加尺寸　　　　图 8-31　添加尺寸的菜单管理器

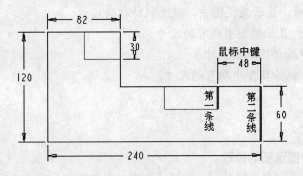

图 8-32　添加尺寸后的效果

 技术支持

"显示及拭除"对话框（如图 8-33 所示）中常用按钮的说明：

显示 拭除 按钮：决定是要显示尺寸还是拭除尺寸。

按钮：尺寸。

按钮：参考尺寸。

按钮：几何公差。

按钮：注释。

按钮：球形注释。

图 8-33 "显示/拭除"对话框

 按钮：表面粗糙度。

 按钮：基准平面。

 选项：显示被选取特征的尺寸。

 选项：显示被选取零件的尺寸。

 选项：显示被选取视图的尺寸。

 选项：显示某视图中，被选取特征的尺寸。

 选项：显示模型中所有的尺寸。

 选项：拭除所选取的尺寸。

 选项：拭除模型中所有的尺寸。

8.4 知识进阶

1. 工程图中绘图选项的修改

Pro/E 工程图中的许多项目要素，如尺寸高度、文本字型、文本方向、几何公差标准、字体属性、草绘标准和箭头长度等，都是由工程图的设置文件（文件后缀名为 dtl，如 drawing.dtl）来控制的。在该设置文件中，每个要素对应一个参数选项，系统为这些参数选项赋予了默认值，但用户可以修改这些值来进行特殊的定制。例如，可以定制中国的工程制图标准或用户本公司的标准。

进入工程图环境后，可以创建、检索和修改工程图的设置文件。以下以修改工程图设置中的参数选项 drawing_units 为例（该选项控制工程图的单位计量，如文字高度是以 mm 计量还是 in 计量），说明修改工程图设置文件的一般操作过程。

进入工程图环境后，单击 → → 按钮如图 8-34 和图 8-35 所示。按照图 8-35 中所提示的顺序操作，鼠标单击第一步上的 按钮，选择排序方式为"按字母"，然后单击第二步旁的 按钮，在第三步的上方单击 按钮，选择值为 mm，并在第四步的上方单击 按钮，最后，单击 按钮进行保存。

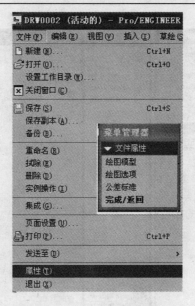

图 8-34　绘图选项的设置

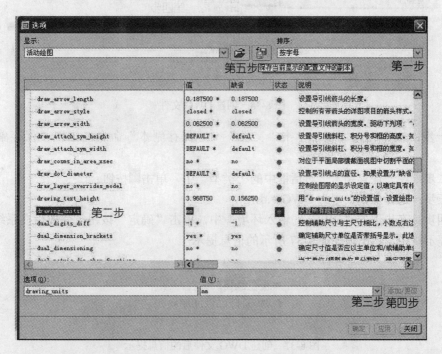

图 8-35　绘图选项的项目数值

2．生成可以用 AutoCAD 打开的和可以编辑的 DWG 文件

AutoCAD 二维绘图软件仍然是当今业界流行的设计软件。Pro/E 软件也可以生成可被 AutoCAD 软件打开的工程图，但是 Pro/E 系统默认的工程图文件的后缀名是 DRW，AutoCAD 无法打开。可以按下列操作步骤创建 DWG 文件，这样 AutoCAD 软件就可以对文件进行重新编辑和修改，如图 8-36 所示。

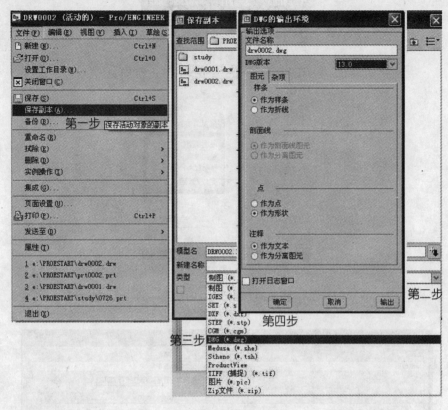

图 8-36　创建 DWG 文件

第一步：在工程图环境中单击"文件"→"保存副本"命令，出现"保存副本"对话框。

第二步：在"保存副本"对话框中的"类型"中，单击⊡按钮。

第三步：选择保存类型为 DWG(*.dwg)。

第四步：在出现的"DWG 的输入环境"中，单击"确定"按钮。完成后在系统左下角的信息提示栏中，将出现如图 8-37 所示的信息提示。

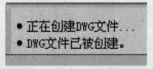

图 8-37　创建 DWG 文件后的信息提示

8.5　实训课题

习题 8-1

先根据习题图 8-1 进行三维造型，然后形成工程图。

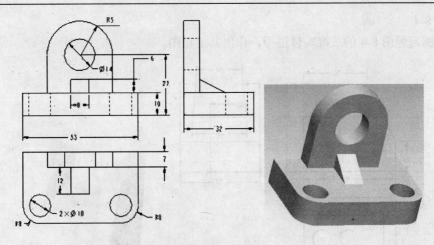

习题图 8-1 支撑板

习题 8-2

习题图 8-2 是 Pro/E 生成的工程图，请参照模型绘制。

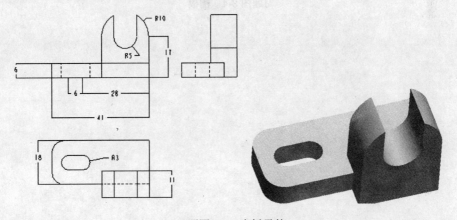

习题图 8-2 夹板零件

习题 8-3

作出弯板套的工程图。

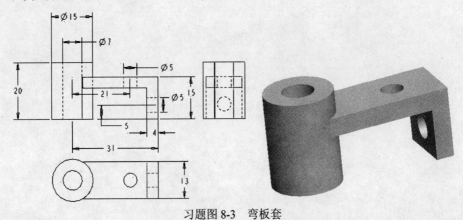

习题图 8-3 弯板套

习题 8-4

请根据习题图 8-4 的三维实体造型，作出其工程图。

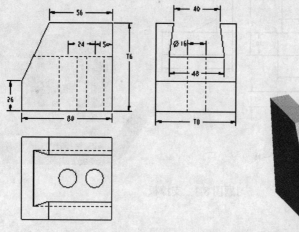

习题图 8-4　槽板

第9章 数控加工

Pro/E 系统中的 CAM 功能模块被称为 Pro/NC 加工模块。CAD 中建立的模型是 CAM 的基础。

Pro/NC 加工模块能生成驱动数控机床加工 Pro/E 零件所必需的数据和信息，能生成数控加工的全过程。Pro/NC 加工模块的应用范围较广，可以包括数控车床、数控铣床、车铣加工中心和数控线切割等。Pro/NC 加工模块生成的数控加工文件包括：刀位数据文件、刀具清单、操作报告、中间模型和机床控制文件等。

9.1 Pro/NC 的操作流程

Pro/NC 加工模块生成数控加工程序的过程是：先利用计算机辅助设计（CAD）将零件的几何图形绘制出来，形成零件的设计模型，即加工时的参考模型（参考零件）。然后直接调用 Pro/E 系统的数控加工模块定义操作，选择加工方法，定义刀具、加工参数和加工区域，再进行刀具轨迹处理，并由计算机自动对零件加工轨迹的各个节点进行计算和处理，从而生成刀位数据文件。经过相应的处理后，Pro/NC 加工模块自动生成数控加工程序，并在计算机以上动态方式显示刀具的加工轨迹。整个加工流程，如图 9-1 所示。

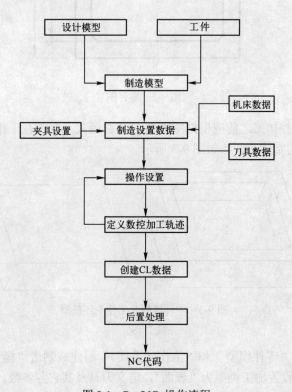

图 9-1 Pro/NC 操作流程

9.2 案例 1——平面加工

1．案例说明

该案例要求生成如图 9-2 所示的零件，上表面的数控加工程序。Pro/E 系统具有强大的
CAD/CAM 一体化功能，其中的 Pro/NC 加工模块能生成驱动数控机床加工所必需的数据和信
息。通过以下实例使用户了解数控加工程序生成的全过程。

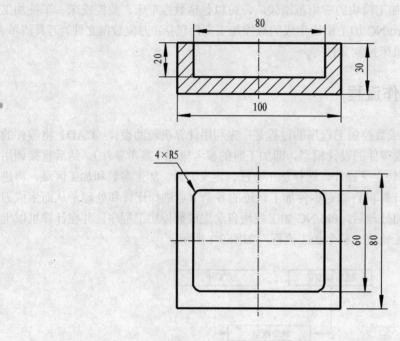

图 9-2　零件图

准备工作：在数控加工之前应根据图 9-2 的零件图尺寸要求在工作目录下完成扩展名为
".pat" 的两个模型的实体造型，如图 9-3 所示。

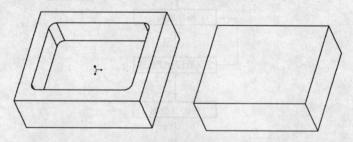

图 9-3　零件模型及工件毛坯模型

2．操作思路

通过"装配"将"零件模型"和"工作（毛坯）"组建成制造"模型"，再对加工机床和
坐标系进行设置，并设置加工类型为"表面"，定义刀具及其它各参数。通过模拟演示刀具路
径观察加工过程，最后生成加工程序并保存文件。

3．操作步骤

具体操作可分为 8 大步即：创建新文件→创建制造模型→制造数据设置→定义加工类型→模拟演示刀具路径→生成后置处理文件→保存文件→打开加工程序。每一大步的具体操作如下。

1）创建新文件：单击"新建"→"制造"→"NC 组件"命令，在"名称"文本框中输入加工的文件名称，单击"确定"按扭。系统弹出菜单管理器中的"制造"菜单，如图 9-4 所示。

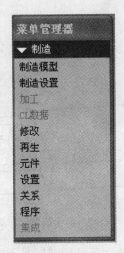

图 9-4　在"新建"菜单中选择制造模块及"制造"菜单

2）创建制造模型，具体操作步骤如下。

第一步：单击"菜单管理器"中的"制造模型"→"装配"→"参考模型"命令，如图 9-5 所示。系统弹出如图 9-6 所示的"打开"对话框。

图 9-5　"制造模型"菜单　　　　　　　　　图 9-6　"打开"对话框

第二步：在"打开"对话框中选择图 9-3 所示的零件毛坯模型后，单击"打开"按扭，零件模型进入工作区。

第三步：单击"菜单管理器"中的"制造模型"→"装配"→"工件"命令。在"打开"对话框中选择工件毛坯模型后，单击"打开"按扭。工件毛坯模型进入工作区，这时两个模型同时出现在工作区内，如图 9-7 所示。同时系统弹出"元件放置"对话框，如图 9-8 所示。

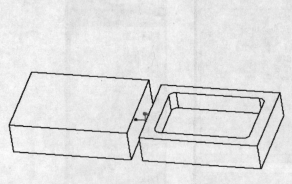

图 9-7　两个模型同时进入工作区　　　　　　图 9-8　"元件放置"对话框

第四步：在"元件放置"对话框中单击 🔲→ 确定 按扭，单击如图 9-5 "制造模型"菜单中的"完成/返回"命令。将两个模型叠成一体，完成制造模型的创建，如图 9-9 所示。

3）制造数据设置，具体操作步骤如下。

第一步：单击如图 9-10 所示的"菜单管理器"的"制造设置"→"操作"命令。这时弹出如图 9-11 所示的"操作设置"对话框。

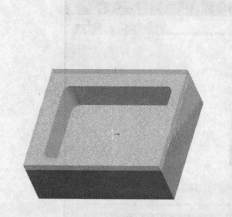

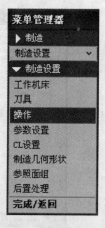

图 9-9　制造模型　　　　　图 9-10　制造设置菜单　　　　图 9-11　"操作设置"对话框

第二步：单击"操作设置"对话框中的 按扭，系统弹出如图 9-12 所示的"机床设置"对话框。

第三步：默认"机床设置"对话框中的设置，单击 应用→ 确定 按扭，返回如图 9-11 所示的"操作设置"对话框。

图 9-12 "机床设置"对话框

第四步:单击如图 9-11 所示的"操作设置"对话框中"加工零点"右侧的  按扭,弹出如图 9-13 所示的"制造坐标系"菜单。

第五步:单击"创建"命令,然后在工作区中单击制造模型,弹出如图 9-14 所示的"坐标系"对话框。

第六步,按住〈Ctrl〉键,依次单击如图 9-15 所示的 1、2、3 表面。

第七步:选择"坐标系"对话框中的"定向"选项卡,对各轴的方向进行调整,使建立的坐标系 CSO 与机床坐标系一致,单击 确定 按钮。

图 9-13 "制造坐标系"菜单

图 9-14 "坐标系"对话框

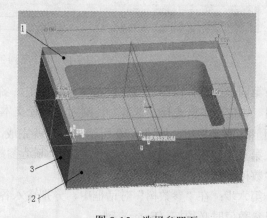

图 9-15 选择参照面
1—工件上表面 2—工件前表面 3—工件侧表面

第八步:单击"操作设置"对话框中"退刀曲面"选项右侧的 按扭,弹出"退刀选取"

对话框，单击 沿Z轴 按扭，在"输入 z 深度"文本框中输入 10，单击 确定 按扭，如图 9-16 所示。

第九步：单击"操作设置"对话框中的 确定 按扭。

4）定义加工类型，具体操作步骤如下。

第一步：单击"加工"菜单中的"NC 序列"→"辅助加工"→"表面"→"完成"命令，如图 9-17 所示。

第二步：在弹出的"NC 序列"菜单中的"序列设置"复选框中选中"名称、刀具、参数和曲面"4 项，单击"完成"选项，如图 9-18 所示。

图 9-16 "退刀选取"对话框　　　图 9-17 "加工"菜单　　　图 9-18 序列设置

第三步：在命令提示栏输入 NC 序列名的文本框中，输入"xsm-1"，如图 9-19 所示，单击文本框右侧的 ✔ 按扭。

图 9-19　NC 序列名的文本框

第四步：在弹出的"刀具设定"对话框中，名称文本框输入，T0001。类型文本框选择，铣削。单位文本框选择，毫米。切割刀具直径文本框输入，12。长度文本框输入，100。单击 应用 和 确定 按扭，如图 9-20 所示，这时就完成了刀具的设置。

第五步：在弹出的如图 9-21 所示的"制造参数"菜单中，单击"设置"命令，系统弹出"参数树"对话框，如图 9-22 所示。

第六步：在"参数树"对话框中，分别输入各参数值，如图 9-22 所示。注意：键入最后一组参数值时必须按〈Enter〉键。

第七步：单击"文件"→"保存"命令，弹出"保存参数"对话框，输入文件名如图 9-23 所示。

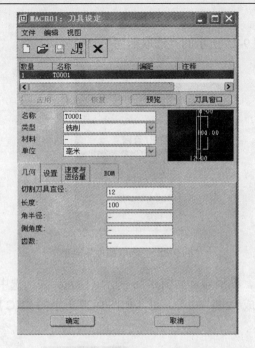

图 9-20　"刀具设定"对话框

图 9-21　"制造参数"菜单

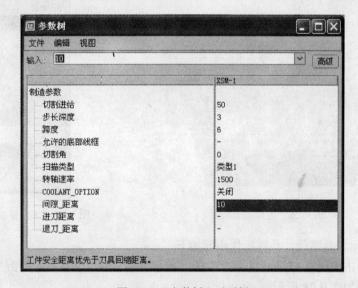

图 9-22　"参数树"对话框

图 9-23　"保存参数"对话框

第八步：单击 确定 按扭后，单击"参数树"对话框中的"文件"→"退出"命令，弹出如图 9-24 所示的"曲面拾取"菜单。

第九步：单击"完成"命令。出现如图 9-25 所示的"选取曲面"菜单。

图 9-24　"曲面拾取"菜单

图 9-25　"选取曲面"菜单

第十步：用鼠标单击参考模型的上表面，模型显示如图 9-26 所示（注意：表面选中以后显示为红色），单击"选取曲面"菜单的"完成/返回"命令，进入如图 9-27 所示的"NC 序列"菜单。

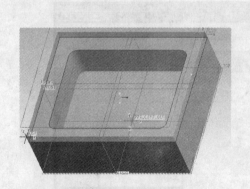

图 9-26　选择加工表面

图 9-27　"CN 序列"菜单

5）模拟演示刀具路径，具体操作步骤如下。

第一步：单击如图 9-27 所示的菜单中的"演示轨迹"→"屏幕演示"命令。弹出"播放路径"对话框，如图 9-28 所示。

第二步：单击"播放路径"对话框中的 ▶ 按扭，开始播放模拟的加工路径。播放完成后的加工轨迹如图 9-29 所示。

第三步：单击"播放路径"对话框中的"关闭"按扭。

第四步：单击如图 9-27 所示的菜单中的"完成序列"→"完成/返回"命令。返回到主菜单。

6）生成后置处理文件（数控加工程序），具体操作步骤如下。

第一步：单击"CL 数据"→"输出"→"选取一"→"NC 序列"→"1：XSM-1，Operatior"命令，如图 9-30 所示。

第二步：在弹出的如图 9-31 所示的"轨迹"菜单中单击"完成"命令。

图 9-28 "播放路径"对话框

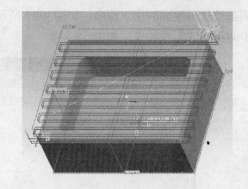

图 9-29 加工轨迹

第三步：单击"文件"→"输出类型"选项，并在"输出类型"复选框中选中"CL 文件"、"MCD 文件"和"交互"，如图 9-32 所示。单击"完成"命令，系统弹出如图 9-33 所示的"保存副本"对话框。

图 9-30 "CL 数据"菜单

图 9-31 "轨迹"菜单

图 9-32 "输出类型"菜单

第四步：按系统默认设置，单击"保存副本"对话框中的 确定 按扭。

第五步：在如图 9-34 所示的"后置期处理选项"菜单中，单击"完成"。

第六步：单击如图 9-35 所示的"后置处理列表"中的"UNCX01.P14"。

第七步：单击如图 9-36 所示的"信息窗口"对话框中的"文件"→"保存"→"关闭"命令。

第八步：单击主菜单中的"确认输出"→"完成/返回"命令。

7）保存文件，完成操作。

8）打开加工程序，在作为工作目录的文件夹中，用记事本打开"xsm-1.tap"文件即可得到数控代码生成的加工程序，如图 9-37 所示。将该数控代码生成的加工程序输入到数控机床中即可完成零件的平面加工。

图 9-33 "保存副本"对话框

图 9-34 "后置期处理选项"菜单

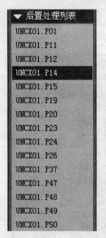

图 9-35 后置处理列表

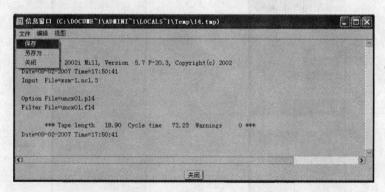

图 9-36 "信息窗口"对话框

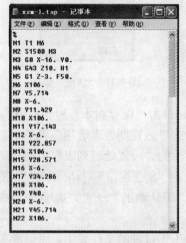

图 9-37 生成的加工程序

技术支持

1．基本概念

1）设计模型（参考模型）。在进行零件的数控加工之前，需要通过 Pro/E 系统对零件的实体设计模块和绘制产品模型，也就是设计加工完成后的零件，包括零件的几何形状和尺寸。它是所有制造操作的基础。在设计模型时，可以选取特征、曲面和边作为刀具轨迹的参照。零件、组件和钣金件都可作为设计模型。

2）工件（毛坯）。在制造加工过程中，根据设计模型的几何形状选择制造操作时所用的毛坯件。即根据零件在切削加工前的几何形状和尺寸。同设计模型一样，工件也属于 Pro/E 系统的零件类型，可以像其他任何零件一样对其进行修改或重定义等操作。

3）制造模型。制造模型一般是由一个设计模型和一个工件（毛坯）装配而成的组件。即将预先在零件模块里设计的模型（参考模型）和工件（毛坯）放在加工（制造）模块里，按照一定的装配关系装配起来的模型。

2．制造数据设置

制造数据设置的主要内容是定义操作，即对加工零件所使用的机床、刀具及加工坐标系等的相关参数进行设置，以生成加工数据。设置的内容有：指定操作名称、指定加工机床、定义刀位数据所需的坐标系、确定退刀面、指定加工的工艺参数、确定起刀点和返回点。

图 9-38 "坐标系"对话框

1）创建加工坐标系时，一定要观察坐标系的方向是否与实际加工的方向相同，如果不同，则选择"坐标系"对话框中的"定向"选项卡，如图 9-38 所示。使用轴名称后的 按扭，可以调整轴名称，还可以使用"反向"按扭对各轴方向进行调整，使建立的坐标系 CSO 与机床的坐标系一致。例如，三轴立式铣床或加工中心的 Z 轴正向是垂直于工件上表面朝上，X 轴正向是在操作者面对机床时向右，并根据右手笛卡儿直角坐标系确定 Y 轴正方向。制造数据设置要确保生成的加工程序符合实际加工要求。

2）在"参数树"对话框中，如图 9-22 所示，要求输入一些常规参数，第一次打开此对话框时，系统会设置默认值，其中内容标识为（-1）的参数项表示用户必须设置该项，内容标识为（-）的参数项表示用户可以省略设置该项。各项的具体含义如下。

① 切割进给：机床加工时所用的进给速度。

② 步长深度：分层切削时，每层的背吃刀量。

③ 跨度：相邻两条刀具路径之间的距离。

④ 允许的底部线框：设置底部的加工余量。

⑤ 切割角：切割方向与"NC 序列"坐标系的 X 轴之间的夹角。

⑥ 扫描类型：主要用于设置生成刀具路径的方式，一般有以下几种。

类型 1：刀具连续加工体积块，遇到岛时退刀。

类型 2：刀具连续加工体积块不退刀，遇到岛时绕过。

类型 3：刀具从岛几何定义的连续区域去除材料，依次加工这些区域并绕岛移动。

类型螺旋：生成环绕形刀具路径。

⑦ 转轴速率：设置主轴的转速。

⑧ COOLANT – OPTION：冷却液开/关。

⑨ 间隙 – 距离：刀具快速下刀至要切削材料时，变成的以进给速度方式下刀时的缓冲距离。

⑩ 进刀距离：进刀前刀具与工件的距离。

⑪ 退刀 – 距离：退刀时每次抬刀的距离。

9.3 案例 2——内腔加工

1. 案例说明

本案例要求对案例 1 中的方形内腔进行加工。同案例 1 的不同之处在于加工部位不同，但是操作的思路是相同的。

2. 操作思路

其思路与案例 1 基本相同，不同之处是在设置加工类型时选择"体积块"。

3. 操作步骤

1）创建新文件：单击"新建"→"制造"→"NC 组件"命令，在"名称"文本框中输入加工的文件名称，单击"确定"按扭。系统弹出菜单管理器中的"制造"菜单。

2）创建制造模型：具体操作步骤同案例 1，这里不再做详细阐述。

3）隐藏工件模型，此步骤的作用是为了便于选择"零件模型"中的表面，可以先将"工件模型"隐藏。具体操作步骤如下。

第一步：在模型树中，用鼠标右键单击工件模型名称。

第二步：在弹出的快捷菜单中，单击"隐含"命令，如图 9-39 所示。

第三步：在弹出的"隐含"对话窗中单击"确定"按钮，如图 9-40 所示。

图 9-39 弹出的快捷菜单

图 9-40 "隐含"对话窗

4）制造数据设置，具体操作步骤如下。

第一步：单击"制造设置"菜单中的"制造设置"→"操作"命令，如图 9-41 所示。这时会弹出"操作设置"对话框，如图 9-42 所示。

第二步：单击"操作设置"对话框中的 按扭，自动弹出"机床设置"对话框，如图 9-43 所示。

第三步：单击"机床设置"对话框中的 应用 和 确定 按扭，返回"操作设置"对话框。

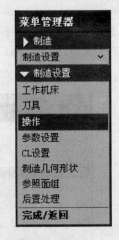

图 9-41　"制造设置"菜单

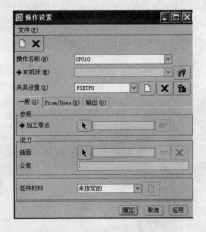

图 9-42　"操作设置"对话框

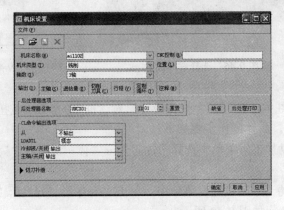

图 9-43　"机床设置"对话框

第四步：单击"操作设置"对话框中"加工零点"右侧的 按扭，弹出如图 9-44 所示的"制造坐标系"菜单。

第五步：单击"创建"命令，在工作区内单击制造模型，弹出如图 9-45 所示的"坐标系"对话框。

图 9-44　"制造坐标系"菜单

图 9-45　"坐标系"对话框

第六步：按住〈Ctrl〉键，依次选择如图 9-46 所示的 1、2、3 表面。

第七步：选择"坐标系"对话框中的"定向"选项卡，对各轴方向进行调整，使建立的坐标系 CSO 与机床坐标系一致，单击 确定 按扭。

第八步：单击如图 9-42 所示的"操作设置"对话框中的"退刀"→"曲面"右侧的 ![按钮] 按扭，弹出"退刀选取"对话框，单击 沿z轴 按钮，在"输入 z 深度"文本框中输入 10，单击 确定 按钮，如图 9-47 所示。

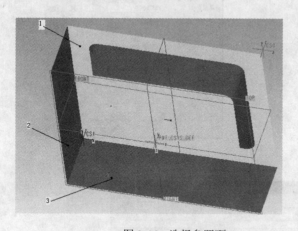 

图 9-46　选择参照面　　　　　　　　　　　图 9-47　"退刀选取"对话框

1—零件模型上表面　2—零件模型侧表面　3—零件模型前表面

第九步：单击如图 9-42 所示的"操作设置"对话框中的 确定 按扭。

5）定义加工类型，具体操作步骤如下。

第一步：在"辅助加工"菜单中选择"加工"→"体积块"→"完成"命令，如图 9-48 所示。

第二步：在弹出的"序列设置"菜单中，单击"名称"、"刀具"、"参数"和"体积"命令，单击"完成"命令，如图 9-49 所示。

 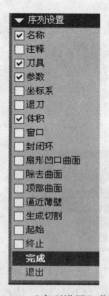

图 9-48　"辅助加工"菜单　　　　　　　　图 9-49　"序列设置"菜单

第三步：在命令提示栏出现的"NC 序列名的文本框"中输入"NCAO-1"，如图 9-50 所示。输入后单击最右侧的 ✓ 按扭。

图 9-50 NC 序列名的文本框

第四步：在弹出的"刀具设定"对话框中，名称栏输入，T0002。类型栏选择，铣削。单位栏选择，毫米。切割刀具直径栏输入，6。长度栏输入：80。单击 应用 及 确定 按钮，如图 9-51 所示。

第五步：在弹出的如图 9-52 所示的"制造参数"菜单中，单击"设置"命令，系统弹出"参数树"对话框，如图 9-53 所示。

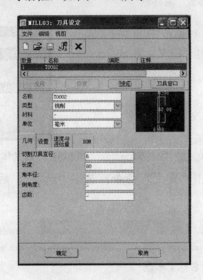

图 9-51 "刀具设定"对话框

图 9-52 "制造参数"菜单

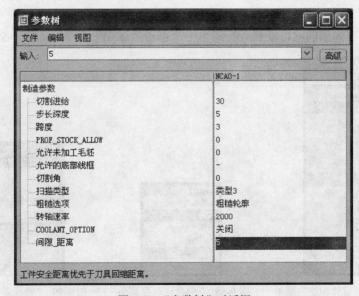

图 9-53 "参数树"对话框

第六步：在"参数树"对话框中，分别输入各参数值，如图 9-53 所示。

注意：输入最后一组值时必须按〈Enter〉键。

第七步：单击"文件"→"保存"命令，弹出"保存参数"对话框，如图 9-54 所示。

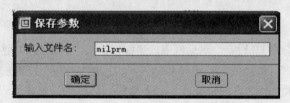

图 9-54 "保存参数"对话框

第八步：单击 确定 按钮后，单击"参数树"对话框中的"文件"→"退出"命令。系统弹出如图 9-55 所示的"定义体积块"菜单。

第九步：单击"创建体积块"命令。

第十步：在命令提示栏出现的"体积块名称文本框"中输入"ncao"，如图 9-56 所示，单击最右侧的✓按扭。

图 9-55 "定义体积块"菜单

第十一步：在弹出的"创建体积块"菜单中，单击"聚合"选项的"聚合体积块"，在"聚合体积块"中单击"定义"命令，选中"选取"，后单击"完成"命令，如图 9-57 所示。

图 9-56 体积块名称文本框

第十二步：在弹出的"聚合选取"菜单中，单击"曲面"命令后，再单击"完成"命令，如图 9-58 所示。

第十三步：在弹出的"特征参考"菜单中，单击"增加"命令，如图 9-59 所示。

图 9-57 "创建体积块"菜单　　图 9-58 "聚合选取"菜单　　图 9-59 "特征参考"菜单

第十四步：用鼠标单击参考模型的型腔内表面作为加工面，模型显示如图 9-60 所示。

第十五步：单击如图 9-59 所示的"特征参考"菜单中的"完成参考"命令。

第十六步：单击"聚合体积块"菜单中的"完成"命令，如图 9-61 所示。

第十七步：单击"创建体积块"菜单中的"完成/返回"命令，如图 9-62 所示。

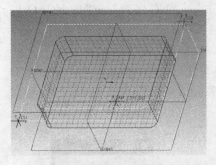

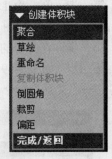

图 9-60　选取的型腔内表面　　　图 9-61　"聚合体积块"菜单　　　图 9-62　"创建体积块"菜单

完成后的体积块显示，如图 9-63 所示。同时弹出如图 9-64 所示的"NC 序列"菜单。

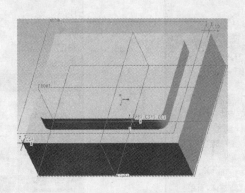

图 9-63　完成后的体积块显示　　　　　　　图 9-64　"NC 序列"菜单

6）模拟演示刀具路径，具体操作步骤如下。

第一步：单击"NC 序列"菜单中的"演示轨迹"→"屏幕演示"命令。弹出"播放路径"对话框，如图 9-65 所示。

第二步：单击"播放路径"对话框，单击 ▶ 按扭，开始播放模拟的加工路径。播放完成后的加工轨迹，如图 9-66 所示。

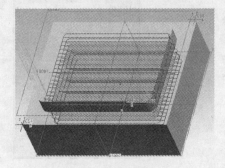

图 9-65　"播放路径"对话框　　　　　　　图 9-66　加工轨迹

159

第三步：单击"播放路径"对话框中的"关闭"按扭。

第四步：单击如图 9-64"NC 序列"菜单中的"完成序列"→"完成/返回"命令。返回到主菜单。

7）生成后置处理文件（数控加工程序），具体操作步骤如下。

第一步：单击"CL 数据"菜单中的"输出"→"选取一"→"NC 序列"→"1：NCAO-1，Operatior"命令，如图 9-67 所示。

第二步：在弹出的如图 9-68 所示的"轨迹"菜单中，单击"完成"命令。

第三步：如图 9-69 所示，单击"文件"→"输出类型"复选框，选中"CL 文件"→"MCD 文件"→"交互"命令、单击"完成"命令。系统弹出如图 9-70 所示的"保存副本"对话框。

图 9-67 "CL 数据"菜单

图 9-68 "轨迹"菜单

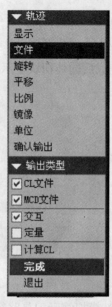
图 9-69 "输出类型"菜单

第四步：单击"保存副本"对话框中的 确定 按扭。

第五步：在系统弹出的如图 9-71 所示的"后置期处理选项"菜单中，单击"完成"命令。

图 9-70 "保存副本"对话框

图 9-71 "后置期处理选项"菜单

第六步：单击如图 9-72 所示的"后置处理列表"中的"UNCX01.P14"。

第七步：单击如图 9-73 所示的"信息窗口"中的"文件"→"保存"→"关闭"命令。

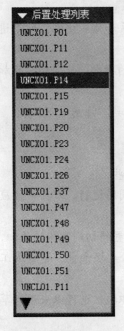

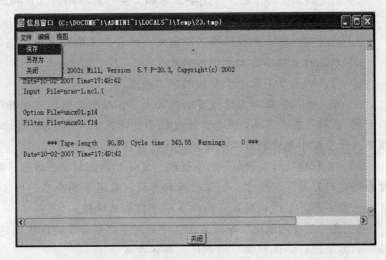

图 9-72　后置处理列表

图 9-73　信息窗口

第八步：单击主菜单中的"确认输出"→"完成/返回"命令。

8）保存文件，完成操作。

9）打开加工程序，在作为工作目录的文件夹中，用记事本打开"ncao-1.tap"文件即可以得到数控代码生成的加工程序，如图 9-74 所示。

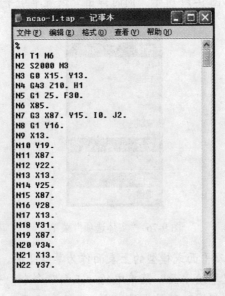

图 9-74　生成的加工程序

技术支持

1）案例 2 之所以运用"模型隐含"，是为了在后面创建加工坐标系和体积块时，便于进行各面的选择。

2）创建加工坐标系时，一定要注意加工坐标系各轴的位置和正向的指向，必须和实际加工的位置和指向相同。

3）选择刀具时，也应根据实际出发，结合加工阶段选择合适的刀具。注意以下几点：

① 刀具的直径不能大于型腔的尺寸。

② 刀具的长度不能小于型腔的加工深度。

③ 刀具半径在粗加工阶段可选择的大些，精加工阶段应选择的小些。

④ 在精度要求不高，且加工余量较小的情况下，可以粗、精加工同时进行，刀具半径应该不大于型腔中允许的刀具半径，以保证零件加工的精度。

4）"体积块"加工命令：用于铣削一定体积内的材料。根据序列设置的切削实体的体积，结合给定的刀具几何尺寸、加工数据和参数，采用等高分层的方法切除毛坯余量。这种加工方式一般不易产生过切现象，所以多用于粗加工阶段。

5）在"创建体积块"时，案例 2 中采用了"聚合"的方法创建体积块，也可以采用"草绘"的方法进行"体积块"的创建，具体步骤如下。

从案例 2 中的定义加工类型的第十一步开始，改成以下步骤。

第十一步：在弹出的"创建体积块"菜单中，单击"草绘"→"完成"命令，如图 9-75 所示。

第十二步：在弹出的"实体选项"菜单中，单击"拉伸"→"实体"→"完成"命令，如图 9-76 所示。

第十三步：弹出"伸出项"对话框和"属性"菜单，单击"属性"菜单中的"单侧"命令后单击"完成"命令，如图 9-77 所示。同时弹出"设置草绘平面"菜单，如图 9-78 所示。

图 9-75 "创建体积块"菜单

图 9-76 "实体选项"菜单

图 9-77 "属性"菜单

第十四步：鼠标单击退刀平面或模型的上表面作为草绘平面，使拉伸方向如图 9-78 所示。

第十五步：单击"设置草绘平面"菜单中的"正向"命令，如图 9-79 所示。

第十六步：单击"草绘视图"菜单中的"底部"和"平面"命令，如图 9-80 所示。

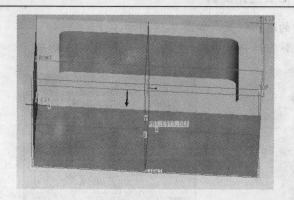

图 9-78 拉伸方向

图 9-79 "设置草绘平面"菜单

第十七步：单击如图 9-81 所示的平面，进入草绘界面，并选择参照面。

图 9-80 草绘视图"菜单

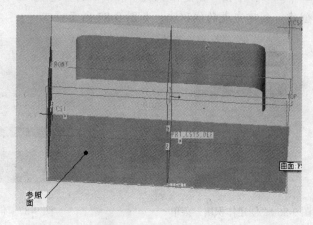

图 9-81 选择参照面

第十八步：选择两个相互垂直的平面作为参照后，关闭参照窗口。单击 按钮，单击内腔轮廓线，如图 9-82 所示，使其激活后，单击 按钮确认。

第十九步：单击"菜单管理器"中的"至曲面"→"完成"命令，如图 9-83 所示。

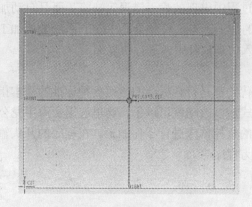

图 9-82 激活的内腔轮廓线

图 9-83 菜单管理器

第二十步：单击内腔底面为拉伸的终止位置，如图 9-84 所示。

第二十一步：单击"伸出项：拉伸"对话框中的 确定 按钮，如图 9-85 所示。

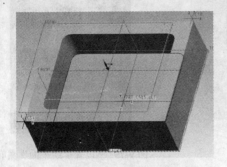

图 9-84　单击内腔底面

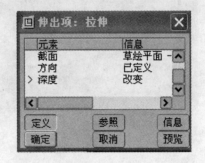

图 9-85　"伸出项：拉伸"对话框

第二十二步：单击"创建体积块"菜单中的"完成/返回"命令，如图 9-86 所示，完成体积块的创建。创建完成的体积块，如图 9-87 所示。

图 9-86　"创建体积块"菜单

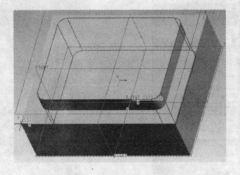

图 9-87　创建好的体积块

9.4　知识进阶

Pro/E 系统中自动生成程序的目的是将生成的程序运用于生产中，这样不仅可以弥补手工编程时出现的诸如大量数学运算及在输入过程中出现的输入错误等缺陷，而且自动加工能够完成手工编程无法完成的工作，例如曲面的加工。本章只介绍了 Pro/E 系统数控加工的初步知识。以下介绍如何将生成的加工程序导入仿真软件中，进行仿真加工。

1. 修改程序

一般来讲，所有数控系统使用的加工代码都是符合标准的，而各种标准的基本指令又是相同的，所以只要对程序头和程序尾的格式加以改动就可以了。这里选用上海宇龙公司的数控仿真软件，选择"西门子—802S"系统的数控铣床进行零件加工。在程序的开头输入传输用的程序头，具体格式如下（其中 XYZ1 为程序名）。

```
%_N_XYZ1_MPF
;$PATH=/_N_MPF_DIR
```

具体操作步骤如下。

第一步：用记事本打开程序"ncao -1.tap"文件。

第二步：将程序头的"%"改写为以下程序头（如图 9-88 所示）。

图 9-88 修改后的程序

%_N_XYZ1_MPF
;$PATH=/_N_MPF_DIR

第三步：另存文件。

为了不使原文件受损或被更改，将修改后的文件以原文件名另存到一个不容易混淆的文件夹中，关闭记事本。本例存入桌面的"我的文档"中。

用同样的方法将"xsm-1.tap"文件修改后再另存。注意程序头中的程序名改为"XYZ2"，即将程序头的"%"改写为以下程序头：

%_N_XYZ2_MPF
;$PATH=/_N_MPF_DIR

2．选择坐标系

打开仿真系统，选择"西门子—802S"系统的数控铣床，并使机床坐标系归零，处于待用状态。

3．程序传输

第一步：单击仿真系统工具栏中的"DNC 传送"按钮。

第二步：在弹出的"打开"对话框中的选择相应的文件夹，这里选择"我的文档"，再单击"ncao -1.tap"文件，如图 9-89 所示。

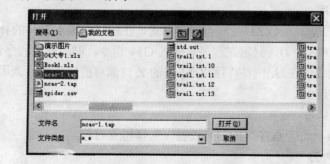

图 9-89 "打开"对话框

第三步：单击 打开(0) 按钮。

第四步：单击仿真系统的"区域转换" 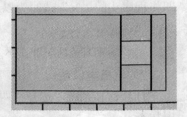 按钮，进入主菜单，单击"通信"按钮，打开如图 9-90 所示的"通信"对话框。

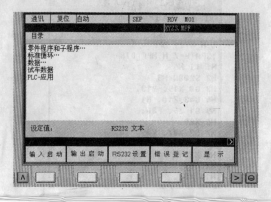

第五步：单击"输入启动"按钮，完成输入。

用同样的方法将"xsm-1.tap"文件中的程序传入仿真系统。

这时在仿真系统的程序中就分别出现了以"XYZ1"和"XYZ2"命名的程序（当然首先要保证系统中原先就没有同名的程序，如果有同名的程序应在修改程序时修改程序名）。

4. 确定毛坯尺寸

根据 Pro/E 中的毛坯尺寸定义毛坯大小，这里定义为 100mm×80mm×35mm。

5. 确定工件方向

根据 Pro/E 中设置的工件坐标系位置和方向确定工件的放置和方向，这里选择如图 9-91 所示的放置方向。即：使毛坯边长为 100mm 的边平行于 X 轴，毛坯边长为 80mm 的边平行于 Y 轴，如图 9-91 所示。

图 9-91　工件放置方向

6. 第一把刀对刀

对刀建立工件坐标系：一定要使工件坐标原点与 Pro/E 系统设置的坐标系原点重合。具体操作可参阅仿真软件说明书或机床说明书。

7. 刀具选择

根据生成"ncao-1.tap"程序时的刀具设置，选择相应刀具。

8. 修改数控程序

打开仿真系统的程序"XYZ1"，根据对刀方式，在程序中输入刀具的补偿方式。这里采用坐标偏移的 G54 方式对刀，只需在程序前插入 G54 指令，同时删去程序语句中的 G43 和 H1 即可（若 Z 向偏移值在刀沿中填写则 G54 中的 Z 向偏移值应为零。调用刀具时，一定要写清刀沿号，如：T1D1）。

9. 刀具选择

根据生成"xsm-1.tap"程序时的刀具设置，选择相应刀具。

10. 第二把刀对刀

只是将 Z 向重新对刀。X、Y 向方向不变。

11．修改数控程序

打开仿真系统的程序"XYZ2"，根据对刀方式，在程序中输入刀具的补偿方式。这里采用坐标偏移的 G55 方式对刀，只需在程序前插入 G55 指令同时删去程序语句中的 G43 和 H1 即可（若 Z 向偏移值在刀沿中填写则 G55 中的 Z 向偏移值应为零，且对刀时刀具长度偏移值设定为第二个刀沿号。调用刀具时，一定要写清其刀具号和刀沿号，如：T1D2。并在程序前加写 G55）。

12．安装刀具

安装第 1 把刀具，在自动方式下，选择"XYZ1"程序，单击"循环启动"按钮。执行加工工件内腔的操作，内腔加工完成后如图 9-92 所示。

13．更换刀具

更换第 2 把刀具，在自动方式下，选择"XYZ2"程序，单击"循环启动"按钮。执行加工工件上表面的操作，上表面加工完成后如图 9-93 所示。

图 9-92 "XYZ1"程序执行完成后

图 9-93 "XYZ2"程序执行完成后

9.5　实训课题

习题 9-1

试用 Pro/E 系统中的加工模块功能，生成数控机床加工所必需的加工程序，并在仿真软件中完成零件的加工。提示：①创建制造模型②创建体积块③创建上表面铣削程序④创建体积块铣削程序（内型腔加工）。

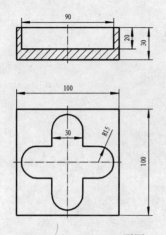

习题图 9-1　平面及凹槽加工

习题 9-2

如习题图 9-2，与习题图 9-1 的区别是平板上是十字岛凸起结构，请根据尺寸建立创建制造模型、上表面铣削程序和创建凸块加工程序（体积块）。

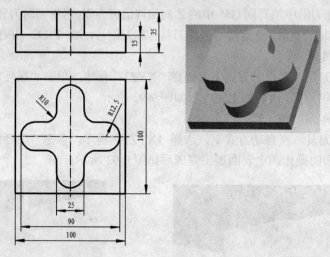

习题图 9-2 凸块加工

参 考 文 献

[1] 余蔚荔. CAD/CAM 技术——Pro/E 应用实训[M]. 北京：中国劳动社会保障出版社，2005.

[2] 方新. 机械 CAD/CAM 技术[M]. 西安：西安电子科技大学出版社，2004.

[3] 赵里宏，刘依星. CAD/CAM 实训图集[M]. 广州：华南理工大学出版社，2006.

[4] 雪茗斋电脑教育研究室. Pro/ENGINEER 野火版机械设计实例课堂[M]. 北京：人民邮电出版社，2006.

[5] 二代龙震工作室. Pro/E 立体制图造型设计实训[M]. 北京：电子工业出版社，2006.

[6] 何煜琛. Pro/ENGINEER 野火中文版建模基础技术[M]. 北京：清华大学出版社，2004.

[7] 赵春章. Pro/ENGINEER 中文版机械零件设计教程[M]. 北京：海洋出版社，2004.

[8] 孙印杰，田效伍，郑延斌. 野火中文版 Pro/ENGINEER 基础与实例教程[M]. 北京：电子工业出版社，2004.

[9] 莫剑中. 计算机辅助设计 Pro/E Wildfire 2.0[M]. 北京：北京理工大学出版社，2006.

[10] 曹岩. Pro/ENGINEER Wildfire 数控加工实例精解[M]. 北京：机械工业出版社，2006.

[11] 方建军. 数控加工自动编程技术——Pro/ENGINEER Wildfire 在机械制造中的应用[M]. 北京：化学工业出版社，2005.

[12] 陈立群. CAXA 数控造型与加工实训[M]. 北京：国防工业出版社，2006.